集英社オレンジ文庫

神招きの庭 8

雨断つ岸をつなぐ夢

奥乃桜子

本書は書き下ろしです。

【目次】

【人物紹介】

綾芽《あやめ》

神命を退ける「物申《ものもうし》」の力を持つ少女で、二藍の妃。二藍を人に戻す方法を探している。

二藍《ふたあい》

兜坂国《とさかのくに》の王弟。神と人の性質を持ち、心術を使う「神ゆらぎ」で、先の陰謀から国を救った功により、春宮《はるのみや》に任じられる。

鮎名《あゆな》

一花《ひとはな》の妃宮《きさきみや》。大君の妃で、現在の斎庭《ゆにわ》の主。

大君《おおきみ》
兜坂国の今上《きんじょう》で、二藍の兄。
二藍の身を案じている。
十櫛《とくし》
小国・八杷島《やはじま》の王子。
客分として兜坂国の宮廷に
預けられている。
羅覇《らは》
八杷島の祭官。
以前は「由羅《ゆら》」と名乗り、
綾芽の同僚として斎庭に潜入していた。
イラスト／宵マチ

【用語集】

斎庭《ゆにわ》

兜坂国の後宮。神を招きもてなす祭祀の場である。大君の実質的な妃以外に、神招きの祭主となる妻妾たちも暮らしており、名目上の妻妾たちを「花将《かしょう》」と呼ぶ。

外庭《とつにわ》

官僚たちが政《まつりごと》を行う政治の場。斎庭と両翼の存在である。

兜坂国の神々

多くは五穀豊穣や災害などの自然現象を司る。基本的に人と意志疎通はできず、祭祀によってのみ働きかけることができる。その姿は人に似たものから、動物や昆虫などさまざまな形をとる。

玉盤神《ぎょくばんしん》

西の大国、玉央《ぎょくおう》をはじめとする国々を支配する神。厳格な「理《ことわり》」の神で、逆らえば即座に滅国を命じられる。

神ゆらぎ

王族の中にまれに生まれる、人と神の性質を併せ持つ者。心術などの特殊な力が使えるが、その神気により人と交わることはできず、神気が満ちすぎれば完全に神と化してしまう。

物申《ものもうし》の力

人が決して逆らえない神命に、唯一逆らうことのできる力。綾芽だけがこの能力を有している。

神金丹《しんこんたん》

神ゆらぎが神気を補うための劇薬。八杷島によって兜坂国に持ち込まれた。

的

玉盤神の一柱である号令神を国に呼び、滅国を招くとされる特別な神ゆらぎ。各国にひとりいて、はじめに神と化した的の祖国が滅ぶ。他国の的を破滅させようと暗躍している国がある。

神招きの庭
かみまねきのにわ
8
雨断つ岸をつなぐ夢

第一章　もの申せぬ娘、立ちすくむ

　重い籠《かご》をようやく地におろすと、大柄《おおがら》な女官が待ちくたびれたように歩み寄ってきた。

「やっと揃《そろ》ったか。荷運びの女丁《はしため》はこれで全員だね」

　斎庭《ゆにわ》の片隅、神饌《しんせん》を納める大蔵《おおくら》の前には、抱《かか》えるほどに大きな籠が六つ。籠の中身はすべて平たい柿だ。兜坂国《とさかのくに》の西部、伊衣《いい》の邦《くに》の特産で、持ちがよいため税として都に納められる。風味もなかなかだから、神を招きもてなすこの斎庭では、朝夕に神に捧《ささ》げる神饌として重宝《ちょうほう》されていた。

「途中で落っことさず、丁重に運んできたんだろうね？　もしも手を抜いたようならお前たち、すぐに糞尿運びに逆戻りだから覚悟しな」

　女官は腕を振り回し、各々《おのおの》の籠を運んできた娘たちのあいだを大股で行き来する。ひとつひとつの籠を覗《のぞ》きこみ、柿を手にとり眺めては、娘を睨《にら》んで釘をさした。

「いいかい、荷運びなんてつまらん仕事と思うかもしれないが、れっきとした大切なお役目だよ。きちんと励み続けさえすれば、お前たちみたいなつまんない娘だっていつかはきれいな装束《しょうぞく》を着られるし、神招きそのものにだって関われるようになるかもしれないんだ。もちろん高望みせず、命じられた仕事を丁寧《ていねい》にこなすのだって構わないけどね。それなりの暮らしが……ちょっと、聞いているのかい新入り」

女官は綾芽《あやめ》に向かって顎《あご》をしゃくりあげた。

斎庭に入りたての若い女丁たちの隣で、昏《くら》い面持《おもも》ちで物思いにふけっていた綾芽は急いで背を正す。だが刻《とき》すでに遅く、女官は眉をひそめて歩み寄ってきた。

「あんた、いっつもぼうっとしているな。常子《つねこ》さまの伝手《つて》で入庭《にゅうてい》したと聞いたから、はじめから神饌運びの尊《とうと》い任につかせてやったのにさ。真面目《まじめ》に話は聞けないわ、いつもうつむいているわ、やる気がないなら出てってくれていいんだよ」

「……やる気はあるのです」

へえ、と女官は馬鹿にしたような顔をしたと思えば、眉間《みけん》にしわを寄せ詰めよった。

「なら訊《き》くけど、あんたはどうしたいんだい。こつこつ手堅く働いて家族を養うのか、それとも認められてのしあがって、役付き女官でも目指すつもりなのかね？　どんなふうに生きていきたいのか教えてくれよ。あんた、それがひとつも見えないんだよ」

綾芽は口を引き結び、それから視線を足元に落とす。

答えられない。

黙りこくった綾芽をじろりと睨み、やがて女官は大きく嘆息した。

「どんな自分になりたいのかさえわからんのか、呆れたやつ。じゃあもういい、とっとと次の荷を運んできな」

蠅《はえ》を払うように手を動かされ、他の女丁《はしため》の娘たちは南へ走りだす。綾芽も大蔵に背を向けて、とぼとぼと歩きだした。

なにも答えられなかったのは、この女官の指摘が核心を衝《つ》いていたからだ。

玉央《ぎょくおう》の神ゆらぎである隠来《いんらい》に呑まされた毒、神毒《しんどく》。

神気の塊《かたまり》であるそれに身を侵《おか》されたとも知らず、綾芽は二藍《ふたあい》に近づいた。そうして二藍は神と化しかけて、兜坂国はあと一歩で滅ぶところまで追いこまれた。

さいわい二藍はどうにか一命を取り留めたし、国もひとまず滅びは免《まぬが》れた。だが、綾芽がすべてを壊しかけた事実は消えない。

なにより、二藍はすさまじく苦しんだ。綾芽の目の前で、綾芽のせいで。

(わたしが二藍を傷つけた)

死にも等しい、耐えがたい苦しみを味わわせてしまった。

消えてしまいたかった。全部投げすて逃げだして、死ぬまで膝《ひざ》を抱えていたかった。

だが斎庭の主《あるじ》たる妃宮《きさきみや》・鮎名《あゆな》は許さなかった。もはや二藍のそばにいられず、物申《ものもうし》の力をも失った綾芽に、再び立つべしと厳命した。

わかっている。いまさら綾芽は逃げられない。立たねばならない。号令神《ごうれいしん》を巡る争いは続いている。いつなんどき斎庭が、二藍が、再び矢面《やおもて》に立たされるやもしれない。綾芽は春宮妃《はるのみやひ》としてみなを率いねばならない。道を切り拓《ひら》かねばならない。

かつての自分が為《な》していたように。

刺し貫《つらぬ》くような日差しに足元が揺れる。白鳥が、大きな羽を広げて路《みち》に影を落とす。だが今の綾芽には、どうやって立てばよいのかがわからない。新たな道が見いだせない。見いだせないまま、心に虚《うろ》を抱えたまま、ただ身体だけが斎庭に戻ってきてしまった。

そんな綾芽を慮《おもんぱか》った鮎名は、綾芽がひとまず春宮妃の責務を離れて――つまりは逃げだして、斎庭内の物品を管理する車司《くるまのつかさ》なる官司《ぐうじ》に移ることを許してくれた。もっとも鮎名は、車司の高位の官職に任じたかったようだが、綾芽はそれすら耐えられず、神饌の材料を籠に背負ってひたすら運ぶ、位《くらい》の低い女丁として働いている。

朝から晩までただただ歩み続ける。なにも考えず、汗だけを流し、足元を見つめて歩く。そうしていると、すこしは落ち着くことができた。

そうしていないと、どうにかなりそうだった。

同じく荷運びを担《にな》っている他の娘たちは入庭したてで、足どりも若さに溢《あふ》れて軽やかだ。瞬《また》く間《ま》に引き離されて、娘たちの背はあっというまに見えなくなった。それでも照りつける残暑の光から目を背《そむ》け、汗を拭《ぬぐ》って歩き続ける。

立ちどまることは許されない。それだけは、けっして認められない。

土埃《つちぼこり》の舞う路をくだり、ようやく斎庭の中心あたり、南文書院《みなみもんじょいん》の辻《つじ》にさしかかる。薄汚れた麻衣《あさぎぬ》をまとった綾芽は、そこで一瞬立ちどまった。うつむき続けていた目をわずかにあげて、右方に向ける。ゆきかう女官の鮮やかな色目の向こうに、朱色の塀《へい》が垣間《かいま》見える。

二藍の居所《きょしょ》、尾長宮《びちょうぐう》の塀だ。

綾芽は荷運びの女丁《はしため》として働くことで、斎庭には驚くほど多くの人々が生きているのだと改めて気がついた。巷《ちまた》では『神を招く花将《かしょう》が百、女官が千』などと言われるが、実際にはその数倍の人々がこの神招きの場で働いている。

だからこそ、こうして綾芽が尾長宮のすぐそばを通ったところで、誰もそれが二藍付きの女孺《にょじゅ》だった『梓《あずさ》』だとは気づきもしないし、ましてや二藍の妻たる春宮妃だとは思いも寄らない。そもそも多くの者にとって『二藍さま』など、顔すら拝せぬ雲の上の存在だ。

それは、今の綾芽にとっても同じだった。

殺しかけてしまったあの日から、二藍は遠いひとになった。今はこうして通りすぎる一瞬に、尾長宮の朱塀《しゆべい》を眺めるばかり。これ以上は近づけない。近づく資格はない。

——どんな自分になりたいのか。

車司の女官に尋《たず》ねられたとき、答えを見つけられなかった。

二藍を人にするという悲願はあっけなく潰《つい》えた。ただそばにいたいというささやかな夢さえ叶《かな》わない。

ならばこれから、どこに向かえばよいのだろう。

なにを望めばよいのだろう。

綾芽は朱色の壁から目を逸《そ》らし、再び額《ひたい》に滲《にじ》んだ汗を拭って歩きだした。


都と斎庭を繋ぐのは、南に位置する朱色の楼門《ろうもん》、壱師門《いちしもん》である。人も物も、神すらもこの門を通って斎庭を訪れる。

その壱師門の並びに設《もう》けられた蔵のひとつへ綾芽は入った。薄暗いそこには今日も、各地から納められた食材が入った籠やら壺やらが仮置きされていて足の踏み場もない。食材を傷つけないよう籠の山をかきわけて、柿を運びにきたと申し出ると、雑然とした蔵のうちをてきぱきと仕分けていた女官が面倒そうに顔をあげる。

「柿だって？　今朝届いたぶんはもう出払ったよ」

「もう一籠分あるはずなのです」

「上官にそう言われたのかい？」

はい、と綾芽はあいまいに返事をした。本当は、女官が今まさに手にしている目録《もくろく》にはっきりと書いてある。

「え、そうだっけ」と顔をしかめて手元の紙を睨んだ女官は、しばらく経《た》って「ああ確かに」と文字を指さした。

「あんたには読めないだろうけど、ここにもう一籠分、上物が納められたって書いてあるな。そういえば、ことさらよい品だから壱師門の楼上で風を当ててあるとか聞いたな」

言いながら、女官は検品していたらしき冬瓜《とうがん》の籠へ目を戻した。話は終わり、勝手にとりにいけということだ。綾芽は頭をさげて蔵を出た。

壱師門への道すがらには、壱師の花がぽつりぽつりと赤の花弁を揺らしている。噴きだす血しぶきを写しとったがごときその色から目を背け、綾芽は壱師門を仰《あお》いだ。青空に映《は》える二層の楼門は、残夏の陽《ひ》を浴びますます朱色に輝いている。綾芽が入庭したその日と同じ、斎庭なる祭祀《さいし》の場の威信そのままに力強く聳《そび》えている。

門を行きかう女官や獣の神をかきわけ、すれ違い、朱門の隅へと足を運ぶ。空の籠を背負いなおし、楼上にのぼる階《きざはし》に足をかけた。

壱師門にのぼるのは、斎庭に入ったあの日以来のことだ。

綾芽はあのとき、この門の楼上に留《とど》められ、故郷に送り返されようとしていた。もちろん綾芽は送り返されるつもりなど毛頭なく、当時の祐宮《すけのみや》と交渉する心づもりを固めていた。それで得体《えたい》の知れない、どことなく胡散臭《うさんくさ》い外庭《とつにわ》の官人《かんじん》とやりあって——

はるか昔の出来事のような気がした。

楼上に至ると、さやかな風が吹き抜けてゆく。他の建物よりも高いからよく風が通るのか、珍しい食材がつまった大きな籠が並んでいる。あのころと変わらぬ風景だ。

柿の入った籠は、あの日金桃《かねもも》が置かれていたのと同じ、北側の柱のそばにあった。籠からひとつとる。つるりとした柿の艶《つや》を見つめる綾芽の脳裏に、産毛《うぶげ》のやわらかにけぶる、故郷の桃の色がよぎる。

あのとき、二藍は腐りかけていた桃を投げて寄こし、なにもできないなら帰れと言い放った。綾芽が怒りを抑えられずについ桃を投げ返したら驚いた顔をするから、さすがにやりすぎたと慌《あわ》てたのだが——

(今ならわかる。あなたは嬉しかったんだ)

この娘こそ探していた娘かもしれない。二藍はそう心を躍《おど》らせていた。

「だからあんなふうに言ってくれたんだろう」

火を噴いた山の神、九重媛《ここのえひめ》と綾芽が対峙《たいじ》せねばならなくなったとき、二藍は怖《お》じ気《け》づく綾芽を『戦え』と叱咤《しった》した。そして励ましてくれた。

――お前ならばできる。わたしを信じて鉾《ほこ》をとれ――。

（無茶を言うよ）

綾芽はすこし笑って、唇を噛んだ。

お前ならばできる。

二藍はそう言い続けた。なにも知らなかった綾芽に読み書きを教え、斎庭《ゆにわ》のあり方を、神とはなんたるかを教えてくれた。綾芽はひとりではないのだと、慈《いつく》しんでくれる人々は多くいるのだと、その身をもって示してくれた。

――そんなあのひとに、わたしはなにを返せたのか。

瞳の奥から迫《せ》りあがる衝動を必死にこらえる。泣いたところでどうにもならない。だから泣いてはならない。逃げてもいけない。

道を探さなければ。歯を食いしばって、はやく――

「もしや、お姉さま？　綾芽お姉さまではないですか？」

はっと顔をあげた。

目の前に娘が立っている。箒《ほうき》の柄を握り、窺《うかが》うように綾芽を見つめている。抜けるように白い頬、信じがたいと言わんばかりに持ちあげられた柳眉《りゅうび》に、潤《うる》んだ丸い瞳。

そんな、まさか。

綾芽は目を見開いた。

「真白《ましろ》……」

記憶のうちよりずいぶんと大人びている。だが見紛《みまが》うはずもない。

それは故郷で別れたはずの義理の妹、真白だった。

「やっぱりお姉さまですね！　斎庭に到着してすぐにお命を落とされたって聞いていたのに、生きておられたのですか！」

呆然として言葉もない綾芽の手を、真白ははしゃいだようにとった。あまりに思いも寄らなくて、綾芽はどんな顔をしたらよいのかわからない。そもそもなんと答えればいいのだろう。

「……いろいろあったんだ」

「いろいろ？」

「その……命は取り留めたんだけど、回復したころにはもう、故郷には死んだと伝わってしまっていた。いまさら生きているなんて言ったって、お義父《とう》さまやみなに迷惑をかけるだけだろう？　それでここに残ることにしたんだ。どんな形でもいいから斎庭で働かせてほしいって頼みこんで、なんとか下位の女丁《はしため》として雇ってもらって」

ある意味嘘ではないし、すくなくとも真白は納得するだろう。真白だって知っているはずだ。そのうち死ぬもの、死んでもよいものとして綾芽が育てられてきたのだと。

「そのような事情があったのですか……」

思ったとおり、真白は得心《とくしん》したようだった。

「お姉さまが戻っていらしても、わたしは迷惑だなんて思いませんでしたが……でもかえってそれでよかったのかもしれませんね」

「……どうしてだ？」

「だってお姉さまは、斎庭で暮らすというご自分の夢を叶えられたのですから」

妹の無邪気な笑みから、綾芽は目を逸らした。

夢、か。

故郷から斎庭に選ばれる采女《うねめ》はひとり。あのころの綾芽と真白は、そのひとつの座をかけて争っていた。いや、争いにもならない争いだった。郡領《ぐんりょう》の実の娘である真白こそみなに望まれていて、綾芽など誰にも顧《かえり》みられなかった。

「それより」と苦しい思いを振りはらって尋ねる。「ここにいるってことは、真白も斎庭の女官になったのか」

「ええようやく念願叶って入庭いたしました」

ですけど、と真白は、手に持った箒に目を落として肩をすくめた。

「残念ながら神招きとはほど遠い官司にて、ひたすら掃除をさせられています」

その声音を耳にして、綾芽は内心ひやりとした。

都の近辺から採《と》られる氏女《うじめ》も、地方からのぼる釆女もみな、里では誰にも負けない器量よしや才媛《さいえん》だ。なのに斎庭に入ると誰しも、まずは掃除や荷運びなどの下働きをさせられる。それで大概《たいがい》の入庭したての女官は不満を抱えるのである。

だがへそを曲げてはいけない。なんでもいい、どこかに秀《ひい》でたものを持っていれば、それを磨き続けることを怠《おこた》らなければ、必ず認めてもらえる。神招きに関われるようになる。斎庭はそういう場なのだ。己《おのれ》の力をわかってくれないとふてくされるのは悪手中の悪手。

そして真白はまさにその愚を犯す質《たち》だと知っているから、綾芽は心配だった。この妹は秀でたものをいくらでも持っているのに、心の底では自信がない。だからときおり愚かな真似をする。押しも押されもせぬ釆女候補だったのに、わざわざ箸《はし》にも棒にもかからなかった綾芽を追い落とそうとしたり、綾芽と那緒《なお》の友情をやっかんだり。

そういうふるまいは、斎庭ではとくに疎《うと》まれる。強大な神と相対《あいたい》するとき、内輪もめを引き起こす輩《やから》は妨《さまた》げにしかならないからだ。

妹が、今にも『斎庭の上つ御方は見る目がないのです』と言いだすのではないかと綾芽ははらはらした。

「なあ真白、今は不本意かもしれないけど、与えられたお役目にきちんと励めば、必ず目を留めてくれる人はいる。絶対にいつか認めていただけるから、腐っちゃだめだ」

真白が鬱屈《うっくつ》を抱えるのは、真剣に斎庭を目指してきた裏返し。この娘はずっと、里のみなに期待をかけられるだけの努力を重ねてきた。つまらぬ誤解がもとで斎庭を去る羽目にはなってほしくはない。

しかし、である。

「仰《おっしゃ》るとおりです。ですからわたし、今の官司で懸命に励むつもりなのですよ」

至極《しごく》あっさりと返されて、綾芽は面食らった。こんな殊勝《しゅしょう》な言葉が返ってくるとは思わなかったのだ。

「もしかしてお姉さま、わたしが上つ御方への不満を並びたてるとお考えでしたか？」

「え、いや……」

「確かに昔のわたしならば、不平をぐずぐずと漏《も》らしたかもしれません。ですがわたしも大人になったのですよ」

真白は小首を傾け微笑んだ。

「お姉さまの仰るとおり、真に優れた者ならば、必ずいつかどなたかが認めてくれます。ですからわたしは、与えられたお役目に心を込めて励んでおります。国のために立派に働く者になりたいのです。命を懸《か》けて国を救われた、那緒さんのように」

妹の立派な物言いをまえに恥ずかしい気分になってきて、綾芽は土埃のたつ大路《おおじ》へ目を落とした。この時季には珍しく、兎《うさぎ》の番《つがい》が大路の隅を連れだって駆けてゆく。

「……あなたはすこし変わったな」

「そうですか？」

「立派になったよ」

真白のことだから、現状に不満を持っているに違いないと決めつけた綾芽が愚かだった。真白は大人になった。足りないものを知り、埋められるようになったのだ。

「今のあなたなら、きっと栄達できるだろう」

だから心から告げた。真白は前に進んでいる。なりたい自分に近づき、夢を手に入れようとしている。

「世辞がお上手ですね」と笑いながらも、真白は頬を上気させた。「世辞でも嬉しいです。やはりお姉さまはおやさしい、昔となんにも変わっていらっしゃらない」

綾芽は声につまって、なんとかぎこちない笑みを浮かべた。

変わっていない。その一言が胸に突き刺さり、鈍《にぶ》く痛んだ。

積もる話はあったが、仕事の途中に長話はできない。しばし言葉を交わしたのち、また会う約束をして真白と別れた。その短い会話のうちでも、真白は今までの非礼を謝罪し、綾芽が那緒の葬礼に参加できたと聞いて喜んでくれた。

そればかりか、こうまで言った。

――わたし、お姉さまと那緒さんの関係に嫉妬していたのです。自分の至らなさを棚にあげて、おふたりに仲間はずれにされていた気がしたのです。でも今は、そんな自分の未熟さこそが望ましくなかったのだと、心より悟っております。

綾芽は、自分の知る真白はもういないのだと確信した。置いていかれた気分だった。なにも考えられず、考えなくてすむよう荷運びに没頭した。水も飲まずに往復したら足がもつれて転んでしまい、大事な食材をいくつかだめにして、こっぴどく叱《しか》られた。

「――それで食事を抜かれちゃったの？　そういう罰の与え方はどうかと思うけど」

夕方、かつて二藍が住んでいた東の館へようやく戻ると、須佐《すさ》が怒ったように言った。

今の綾芽は、普段は女丁《はしため》の寝屋で生活している。しかし数日に一度は常子に奉仕するという名目で、この二藍所有の東の館でも過ごしていた。今夜は友人の須佐が待っていてくれて、支給の夕餉《ゆうげ》を食べられずに綾芽が戻ってきたと聞くや苦い顔をして立ちあがる。

「ちょっと待ってて、食べられそうなものかき集めてくるから」

「ありがたいけどいいよ。あんまり食欲がないから」

「食欲がない？　あんたのそれは聞き飽きたわ」

そうして須佐は、自分が働いている膳司《かしわでのつかさ》から食事を持ってきてくれた。

「ちゃんと全部食べなさいよ」

さしだされた椀の蓋《ふた》をとると、固く炊いた米の上に、焼いた魚の切り身や漬け物、煮つけた芋《いも》が載《の》せられている。神饌の余り物だろうが、もとは神に捧げる料理だから、頬が落ちるほど美味に違いない。

だがやはり食欲は湧かず、綾芽は悪いと思いつつのろのろと食べ進めた。綾芽の食欲がないのは近頃の常なので、須佐もそれほど躍起《やっき》にはならない。諦《あきら》め顔で息を吐くだけだ。

「あんたねえ、いつまでそうしてしょぼくれてるつもりなの」

いつまでだろう。綾芽が黙りこんでいると、「まったくだよ」と呆れ声の佐智《さち》が現れた。

「別にあいつは死んだわけじゃないんだからさ。ほら、うまい飯も食い終わったみたいだし、甘味《かんみ》にこれでも食べな」

ようやく空になった椀の隣に、佐智は持参したこぶりの蓋物を置いた。もういらない、と言おうとしながら蓋をあけた綾芽は、わずかに目をひらく。

「……金桃の酒漬けじゃないか」

固い桃を酒に漬け、やわらかくして風味をつけたものだ。たいそう心地よい甘い香りがする、綾芽の故郷の名物である。

「あんたの好物だから持っていけって、あいつがな」

あいつ――つまりは二藍が持たせてくれたのだと知り、綾芽の瞳に陰が落ちる。

「……お元気か」

「元気も元気。もうまったくいつもどおり、ぴんぴんしてるよ。だからさ」

と佐智は、金桃の酒漬けに目を落としている綾芽の肩に手を置いた。

「そろそろ会いにいってやったら？　あいつはずっと待ってるよ」

綾芽は息をつめた。

あの日の光景がまざまざと瞼《まぶた》の裏に蘇《よみがえ》る。神光《しんこう》に覆《おお》われかけた二藍。神気を払うために切り刻まれた身体。肉を断つさま。血。

どれほど痛かっただろう、苦しかっただろう。

「……だめだ、行けない」

悪寒《おかん》が背を這《は》いあがり、胸が押しつぶされる。金桃がむなしく薫《かお》る。

「なんで。あいつのほうが会いたいって言ってるんだから遠慮しなくたっていいだろ。話をするだけなんだし、神毒だって悪さはしないはず――」

「本当に悪さをしないかなんて、誰にもわからないじゃないか！」

なだめる佐智を遮《さえぎ》って、頑《かたく》なに首を横に振った。会えるわけがない。この身体には、今も膨大な神気の塊がひそんでいる。次こそ二藍を殺し、国を滅ぼす。そんな恐ろしいものを抱えた身をあのひとの前にさらせない。誰が許したところで、綾芽が許せない。

「わかったよ」と佐智は息を吐きだした。「あいつには会えないって伝えとく」

「ごめん」

「だけど綾芽」と須佐が眉を寄せる。「このままじゃなにも変わらないって、あんただってわかってるでしょう」

わかっている。だが動けない。真っ黒な蔦《つた》が足に幾重《いくえ》にも絡《から》みついている。

しばらくして佐智は、ふと思いついたように口をひらいた。

「じゃあ、こういうのはどう。人定めの儀に参加してみるってのは」

「……それはなんだ」

人定めの儀。なにかの儀式か。

「簡単に言うと――」

と言いかけた佐智はつと言葉をとめて、綾芽に匙《さじ》を渡した。「さきに金桃、食べたら？　口をつけてやらないと、さすがのあいつもかわいそうだ」

綾芽がようやく匙を置くと、佐智は改めて話しだした。

「人定めの儀ってのは、優れた女官を見つけだし、登用するための試験だ」

普段、斎庭《ゆにわ》の女官の人事考課をするのは斎式部《さいしきぶ》と呼ばれる官司だ。女官本人と面談し、上官の評価と併《あわ》せて昇進やら異動やらを決める。だが人定めの儀は、そういう段階を踏んだ通常の昇進とは異なるのだと佐智は言う。

「この考試《こうし》は、入庭からそれほど刻が経ってなくて、まだ役職をもらっていない娘が対象なんだ。役なしでさえあれば官位の上下を問わず、氏女でも采女でも、女丁《はしため》だって参加できる。そして才が認められれば、一足飛《いっそくと》びに神招きに関われる」

え、と須佐が声をあげた。

「考試ひとつで大昇進が叶うのですか？　ずるい、わたしなんて三年も懸命に勤めて、ようやく神饌を作らせてもらえるようになったのに」

斎庭では神招きそのものに近づく職務ほど、優秀な女官でなければ関われなくなる。なのにこの考試を経《へ》た者は、そういう下積みなしに神招きに携《たずさ》われるというのだから、須佐の驚きと不満はもっともだった。

「大丈夫だよ須佐」と佐智は笑ってなだめる。「あんたの努力がないものになるわけじゃない。そもそも人定めの儀は、神饌作りで一人前になるんだって決めてるあんたみたいな娘にはあんまり関係ないもんだ」

「なぜです」

「基本これは、神招きの才ある娘――つまりは、祭主《さいしゅ》として自《みずか》ら神を招きもてなせる希有《けう》なる資質のある娘を見つけだすための考試だから」

「神招きの、才」

　つぶやいた綾芽に、そう、と佐智はうなずく。

「知ってのとおり、斎庭に入ったばかりの娘がいきなり神招きを行う妻館《つまだて》に配属されたり、ましてや神を招く花将に抜擢《ばってき》されたりは絶対にない。みな荷運びやら掃除やら、斎庭を支える官司にまずは回される。だが中には神招きの才を持つ娘もいて、そういう娘を手っ取り早く探しだし、花将の候補とするのがこの人定めの儀の意義だ」

　通常二年に一度開催されるが、大君《おおきみ》の代替わりなど、優れた花将が大量に必要になるときも臨時で行われるという。今回はその、不定期に開催されるほうが執《と》り行われると決まったそうだ。

だけど、と綾芽は疑問に思った。

「大君はご健在であそばされていらっしゃるだろう。花将にも優れた御方がたくさんおられるし、今すぐ候補を大量に見つける必要なんてないんじゃないか」

「確かに大君のための花将は必要ない。だから今回選ばれるのは、春宮を支える娘だな」

春宮を支える娘。

それを聞いて、胸に刃《やいば》が突き刺さったような気分になった。

（……つまりは、二藍の妻となる娘だ）

神を招きもてなす役目を担う花将たちは、みな大君か春宮の名目上の妻だ。そして今斎庭で仕《つか》える花将は、ほぼ全員が大君の妻妾《さいしょう》である。唯一《ゆいいつ》の例外が、春宮二藍の名代《みょうだい》として神を招いていた綾芽だった。

だが本来は、春宮の妻妾がひとりきりということはありえない。大君のそれと同じく何十人もいて、雛《ひいな》の斎庭と呼ばれるものを形作るはずだ。春宮付きの妻妾など、本当は多ければ多いほどいい。斎庭全体で神招きできる人数も増えるうえ、いざ代替わりとなったときすみやかに新たな斎庭の中心となれる。

今まで二藍は、自分はいっときばかりの春宮だからと雛の斎庭を持つのは固辞してきた。綾芽だけをただひとりの妃《きさき》と扱ってくれた。

だがその綾芽がなんの役にも立たなくなった今、雛の斎庭を構えるつもりになったのか。そのために才ある若き娘を見いだして、鍛えてゆこうというのか。

雛の斎庭に入る娘は、ただ優秀なだけではいけない。次代の王たる春宮と、信頼を預け合える娘こそが求められる。二藍も、そういう娘を探し求めているのだろうか。そういう娘をそばに置いて、心の安らぎを手に入れて――

「死にそうな顔してるところ悪いけど、あたしが言った春宮ってのは二藍さまのことじゃないからね。あいつがいまさら雛の斎庭を構えるわけがないだろ」

頭をぽんと叩かれて、綾芽は苦しい物思いから立ち戻った。

「じゃあ誰のことだ」

「二《に》の宮《みや》だよ。大君の御子の、継嗣《けいし》の君《きみ》だ」

「二の宮……」

「二藍さまは近々、春宮位を二の宮にお譲りするつもりなんだってさ。このあいだの騒乱での二の宮のおふるまいはご立派だったし、斎庭へのお考えも深きものだった。それで安心して譲位できると思ったとかなんとか」

「……そうなのか」

「ま、今すぐじゃないよ。すこしずつ準備しようって話だ。今回の考試も、来《きた》るべき立坊《りつぼう》に向けて、二の宮をお支えするに値《あたい》する娘を見つけ、育てておこうってわけさ」

いくつもの感情が、胸のうちで混ざりあう。

そうか、二藍は春宮を退《しりぞ》いてしまうのか。寂《さび》しい。二の宮が立派に育っているのは事実としても、譲位を決意したのはそればかりが理由ではないだろう。綾芽が、二藍の名代を務められなくなったからだ。佐智が言うほどぴんぴんしてはいないからだ。

近頃二藍は、公《おおやけ》の場にまったく姿を現さない。娘たちのあいだでは、体調が思わしくないのだと噂になっている。きっと事実だ。綾芽が二藍を壊してしまった。

それに息ができないほど苦しくなる一方で、綾芽はどこかで安堵《あんど》もしている。

――妻妾を集めるのがあのひとじゃないなら、あのひとはまだわたしだけのものだ。

そんな自分が醜《みにく》い。醜くて仕方がない。

「ですが佐智さま」と須佐が首をひねる。「なぜその二の宮のための娘を選びだす儀に、綾芽が参じるのです？　綾芽はすでに二藍さまの妃ではないですか」

「もちろん、二の宮の妃に選ばれにいけって話じゃないよ。そんなこと勧《すす》めたら、あいつになにされるかわかったもんじゃない」

と笑ってから佐智は続けた。「さっきも言ったとおり、人定めの儀はいろんな娘が参加できる。だけど結局最後まで残るのは、絶対に自分の価値を上つ御方に認めてもらうんだって気持ちのある娘だ。言ってみれば、あんたみたいな娘だよ、綾芽」

「……わたしは」

「そういう娘に交ざればいい刺激になる。あんたのとまった足もまた動きだすだろうさ」

な、と佐智は参加を促《うなが》す。

綾芽は答えられず、衣《ころも》の裾《すそ》を強く握りしめた。

いつまで経っても返らぬ声に、明るく話していた佐智の顔が陰る。須佐も表情を曇らせている。それでも綾芽の口は動かない。言葉が出ない。

いたたまれない沈黙が満ちはじめたときだった。

「あなたがなんと答えようと、人定めの儀には参じていただきますよ、綾《あや》の君《きみ》」

高貴な装束に身を包んだ女がふたり、室《へや》に入ってくる。大君の二の妃である高子《たかこ》と、女官の長、尚侍《ないしのかみ》の常子だった。

高子は綾芽に歩み寄りながら、はっきりと言い切った。

「あなたは人定めの儀にて、ご自分の力を試さねばなりません」

「……力、ですか」

「ええ。人定めの儀とは、三つの考試で成り立つものです。まず律令《りつりょう》の知識を問う考試、ついで己の特技を披露《ひろう》する考試。このふたつの考試はあなたにとってはまったく重要ではありません。わたくしが挑んでいただきたいのはみっつめ、最後の考試です」

「なにを試されるものですか」

「当然、神招きの才です。あなたには娘たちとともに神招きに関わり、その才を測っていただきます」

神招きの才を測る。つまりは綾芽が、今も春宮の名代が務められるかはっきりさせる。そう高子は言っている。

すぐさま綾芽は頑なに言いかえした。

「なにを仰《おお》せです。そのような考試には、わたしはけっして参じられません」

「なぜです」

「なぜって……わたしは身のうちに神毒を抱えているのです！　つまりは神ゆらぎと同じく、玉盤神《ぎょくばんしん》の神気に侵されている。そのような者の祭祀を、兜坂の神は受けつけません」

綾芽は、神に物を申す希有なる力を失った。そればかりか、おそらく普通に祭祀を行うことすら、もう叶わない。兜坂の神は玉盤神の神気を嫌う。祭祀を受けつけないどころか、怒りくるい災禍《さいか》をもたらす恐れもある。だからこそ、神ゆらぎとして神気を濃くまとっている二藍は、春宮の位にありながら、一度たりとも自ら兜坂の神を招けなかった。

今の綾芽も、神気を抱いているのは神ゆらぎと同じ。きっと兜坂の神は綾芽の祭祀を受けつけない。受けつけないどころか怒りを向ける。

しかし高子は、冷ややかに綾芽の言を退けた。

「きちんと整理なさい。今のあなたが為せないのは神に物を申すこと、心術を察知し解くこと。それだけです。あなたの祭祀を兜坂の神が拒《こば》むかはわかりませんよ。なんせ、試していないのですから」

「試すわけにはまいりません！　神がわたしの祭祀を受けいれなかったらどうなりますか。わたしのせいで、災禍が生じてしまったら」

祭祀を拒絶した神は荒れる。荒れ神となり、国に災いを引き起こす。

また惨事が目の前で起こったら。二藍のように誰かが苦しんだら。苦しみもがくさまを、なにもできずに見つめることになったら。

胸が激しく跳ねて、言葉が途切れる。こめかみを汗が流れていく。

「そのような災禍を起こさずとも才のあるなしを判じられるからこそ、人定めの儀に加わりなさいと申しているのですよ、綾の君」

胸を大きく上下させる綾芽をよそに、高子はあくまで冷静だった。

「無論人定めの儀でも、なにもできぬ娘たちにいきなり神を招かせるわけもありません。あなたが言うとおり、才があるかもわからぬ娘が神を招けば、災厄を引き寄せるやもしれませんから」

「……神を招かず、どのように神招きの才を見定めるのですか」

「遊びですよ」

招いた神をもてなすための遊び。それを用いるのだと高子は言った。

「あらかじめわたくしどもが招いておいた神と遊ぶのです。その遊びのうちで、おのずと神招きの才は測られます。遊びの相手ならば、才なき者が務めても災厄までは起こしません。神ゆらぎたる春宮も、何度もそのようにして神とお関わりになってこられましたでしょう」

ゆえに、と高子は扇《おうぎ》の陰から綾芽を見おろした。

「あなたも人定めの儀に加わりなさい。考試にて神と対峙すれば、神毒を抱えてもなお態《たい》の神を招き、春宮妃としての務めを果たせるかは見極められます」

「ですが――」

「わたくしは勧めているのではございませんよ。命じているのです、綾の君」

高子は綾芽の抗弁をぴしゃりと遮った。

「わたくしはそもそも、あなたが車司《くるまのつかさ》の女丁《はしため》になど身をやつすのは承服しかねておりました。大君も妃宮も、春宮も、あなたに甘すぎます。人定めの儀が執り行われると決まり、ちょうどよかったのですよ。逃げている暇《ひま》があるなら為すべきことを為しなさい。どうすればよいのかわからぬのなら、まずは言われたとおりに従えばよい」

綾芽は唾《つば》を飲みこんだ。

これではもう、否《いな》とは言えない。高子は綾芽の逃げを許さない。

だが正論を説いているのだ。新たな道を見つけねばと嘆《なげ》きながら、どこへも踏みだせない綾芽に気を揉《も》んでいるのはなにも高子だけではない。みな痺《しび》れを切らしている。綾芽がいつまでも自分で立ち直れずにいるから、引っ張ってでも立たせようとしている。

この手をとらねばならない。迷いながらでもさきへ進まなければ、道を見いだせはしない。わかっている。全部わかっている。みなが——誰より綾芽自身が我慢ならなくなっている。

なのに、どうしても足が動かない。

（わたしは、怖い）

人定めの儀で、神招きの才がないと判じられてしまったらどうすればいい。多くを失ってしまったのに、さらに失ったのだと突きつけられてしまったら。

みなの瞳が綾芽を見つめている。踏みだせと願っている。強《し》いている。

綾芽は顔をあげられぬまま、小声で言った。

「……どうかいましばらく、考えさせてくださいませ」

そう答えるのが精一杯だった。

頭《こうべ》を垂れた綾芽の前で、みなは黙って視線を交わしたようだった。

「承知いたしました。よいお返事をいただけるよう祈っておりますよ」

今まで黙っていた常子が静かに答え、綾芽に退室を促した。

「力仕事でお疲れのうえ、明日もお早いでしょう。ゆっくりお休みくださいませ」

はい、と綾芽はうなだれた。


須佐と佐智に連れられ綾芽が退《さ》がったあと、高子は長く息を吐きだした。

「あれだけお膳立てしても即答できないとは、思っていた以上に芳《かんば》しくございませんね」

「致《いた》し方《かた》ございません」

と常子が痛ましげに瞼を伏せる。「それだけむごいものでした」

「春宮がお倒れになった際のお話ですか」

「ええ。目の前で慕《した》わしき御方が、ご自分が原因で身を刻まれたのです。そして死ぬに死ねずにもがき苦しまれた。わたくしとて、いまだ恐ろしい夢を見ますのに」

常子の眉間《みけん》がきつく寄る。

「綾の君の悲嘆はいかばかりか。深く傷つかれたでしょう。さらには国まで滅ぼしかけたとなれば、立てと命じられてすぐに立てるものではありません。それでも、懸命に立ち直ろうとされているのですよ」

「それは重々理解しておりますよ。心が癒《い》やされるには刻が必要とも。ですが我が国には、悠長に待っていられる余裕はありません。綾の君にはなんとしても再び立ち、春宮妃にふさわしき働きをしていただかねば」

「しかしいくら命じたところで、心というものはおいそれとは動きませんでしょうに」

「いいえ、動きましょう」高子はきっぱりと言った。「綾の君の心は、春宮にお会いになれば必ず動きます」

「――ですが」

常子は、扇の陰でつんと目を細めている二の妃を戸惑《とまど》いがちに見やる。

「今の綾の君が、二藍さまのもとに参上なされるとは思えませんし」

「ええ、綾の君はさぞおつらいでしょうね。神毒もいまだ抱え続けておられるのですし、自ら会いにゆけというのはあまりにも酷」

「であれば――」

「であればこそ、春宮はなにをしておられるのです？」

高子は扇を畳み、鋭いまなざしを常子に向けた。

「綾の君が動けぬのなら、春宮が無理やりにでも召されればよい。命じられれば綾の君とて参じないわけにはまいりません」

「……二藍さまは、綾の君のお気持ちを尊重されているのです。ご自分を前にすれば、かえっておつらくなってしまうのではないかと」

「それが間違っていると、わたくしは申しております」

「間違っておりますか」

「ええ。ありふれた夫婦ならそのような気遣《きづか》いもありえましょう。ですがあのおふたりは違います」

「と仰りますと」

「綾の君が、さだめに絶望なさった春宮を一瞬たりとて放っておかれましたか?」

息を呑んだ常子に、高子は厳として続ける。

「綾の君はやさしいようでその実、厳しい娘ですよ。あの娘は、春宮に逃げも諦《あきら》めも許しませんでした。戦えと活を入れ、自らも挑み続けた。その真心に、春宮も見事応《こた》えてみせたではないですか。あれはそのような夫婦なのですよ。情に疎《うと》いわたくしですら感づいているそれを、春宮ご自身が悟っておられぬはずがない。ならばなぜ春宮は今、かつての綾の君と同じようにされないのです。綾の君を叱咤《しった》し、導こうとなさらないのです」

常子は口を結び、瞼を伏せる。

それから静かに言った。

「わたくしが思うに、二藍さまはある意味では綾の君よりおやさしく、臆病であられる。あの御方は、ご自分のために癒えぬ傷を負った綾の君をこれ以上傷つけたくないのです」

「だからそっとしておく、つまりは放っておかれていると？」

「もしお会いになれば、二藍さまの真のご状況が伝わってしまうではありませんか。二藍さまが『白羽《しらは》の矢』を――どの『的《まと》』より神に近づいた証《あかし》である忌《い》まわしき印を得てしまったと、二度と人と目を合わせて会話ができない御身《おんみ》だと、綾の君は知ってしまいます。ご自分のせいで、二藍さまがより孤独になってしまったと悟ってしまわれる」

「そうなると綾の君はさらに深く傷つき、二度と立ちあがれなくなってしまう。春宮はそうご案じになっているのですね」

「はい」

高子はしばし間を置き、夜に広がる闇に目を向けた。

「そうでしょうか。あの娘はそれほど弱き者でしょうか……」

久方ぶりに『人定めの儀』が行われるという報は、瞬く間に斎庭中の娘を沸きたたせた。とくに綾芽のまわりにいるような官位の低い娘たちは、一挙に出世できるかもしれないとあって、どこへ行ってもその話で持ちきりだった。

「二藍さまが地位を盤石《ばんじゃく》なものにされたから、雛《ひいな》の斎庭《ゆにわ》を構えることになったのよ」

車司《くるまのつかさ》の若い女丁《はしため》たちが訳知り顔で話すのを背に、綾芽は荷を運ぶ。みな二藍が譲位を考えていると知らないから、当然二藍に侍《はべ》る娘を揃えるのだと思いこんでいる。

「二藍さまって、たいそう見《み》目麗《めうるわ》しい御方だそうね。どうしよう、わたしも考試に参加すれば、お目に留まって寵愛《ちょうあい》を受けられるかしら」

「まさか。あんたは確かに器量よしだけど、神招きの才なんてありっこないわ」

「そんなものなくたって、お目に留まりさえすればいいのよ！　わたし、きっと気に入ってもらえると思うのだけど」

聞いていられず、綾芽は足を速めた。

この娘たちはまだ知らない。斎庭に生き、大君や春宮の妻であるのがどのような意味を持つのか悟っていない。斎庭はただの後宮《こうきゅう》ではなく、祭祀に貢献できない者がのしあがれるわけもない。寵愛なんてもってのほかだ。

――なにもできない者は、必死に国を守る人々のそばにいる資格はない。

娘たちへの苦い気持ちは、そのまま自分へ返ってくる。

綾芽は、めっきりと秋めいた風に吹かれて冷えた頬を拭った。

なにを迷っているのだろう。みなが勧めてくれたとおり、人定めの儀で神招きの才を測るべきなのだ。もし兜坂の神に拒まれなかったら、斎庭のため、ひいては二藍のためにできることはまだある。挑むべきだ。賢き人々が、綾芽を想ってくれる人々がみなそう言うのだから。

でも。

もし、拒まれたら。

兜坂の神が綾芽を拒んだら。それどころか荒れ神にでも化したら。

そう思うと動けない。最悪な状況にしか考えが及ばない。どれだけ自分に活を入れても、恐怖が心に根を張り綾芽を離さない。

空虚な気分で仕事を終えた。壱師門のそばに佇《たたず》んでいると、妻館に勤める女官が、夕暮れの路をせわしなく駆けていく。綾芽はひとりぼんやりと、花弁を落とした壱師の花を見つめていた。塀の陰を走り去っていったのは猫か狸《たぬき》か。

そうしてしばらく経ったころ、真白が頬を赤くして走ってきた。

「お待たせして申し訳ありません、お姉さま」

ここで、真白と待ち合わせをしていたのだった。

「実は今日、はじめて招方殿《しょうほうでん》の清掃を任せていただいたのです。嬉しくて懸命に柱を清めていたら、こんな時間に」

「いいんだよ」

息を切らせて遅刻のわけを説明する義理の妹に、綾芽はかすかな微笑みを向けた。

「がんばっているんだな」

「だってわたし、今のお役目が大好きですもの」

「……そうなのか？」

「冗談です」と真白はいたずらっぽく肩をすくめた。「爪はぼろぼろになるし、力仕事だしで、あまり向いてはおりません。ですがお役目ですから心を尽くすのは当然です」

やはりこれは自分の知る真白ではない。綾芽は再び確信した。真白は綾芽を置いていってしまったのだ。

それでも今日は不思議と、息苦しさより安堵を感じる。

真白は、斎庭へのぼる前の何者でもなかった綾芽しか知らない。昨晩会ったみなのような、『お前はそんなものじゃないはずだ』という期待はすこしも抱いていない。だから綾芽も真白の前では、応えたくとも応えられない自分に苦しくならずにすむ。微笑むことさえできる。

ふと思った。

この妹と一緒なら、人定めの儀にも参加できるかもしれない。

春宮妃としての綾芽は身動きがとれなくなっている。だが、ただの朱野《あけの》の娘である綾芽としてなら気負わずに踏みだせるかもしれない。その道はみなが望んだものではなく、道のさきに今の綾芽が大切にしているものはなにも残らないかもしれなくとも、立ちどまっているよりはましかもしれない。

「なあ真白」

真白が住む東女官町へ歩きながら、綾芽は切りだした。

「今度、神招きの才のある娘を選ぶ考試が行われるって聞いたか」

「もちろんです！」と真白は軽やかに答えた。「掃司《かもりのつかさ》もその話で持ちきりですもの。位が低くとも望めば参加できて、才を認められれば妻館へ引き抜かれるとか。まわりのみなは、この機会をものにしようと躍起になっておりますよ」

人ごとのような答えに、綾芽は少々肩透かしを食らった。一緒に参加しようと誘うつもりだったのに、まるで真白自身は考試に興味がないようではないか。認められ、神招きの場で栄達する。それが故郷のみなみなの、真白自身の望みであったはずなのに。

「考試に興味がないのか？　……まさか、参加もしないつもりか？」

「ええ、そのつもりです」

返ってきたのはまさかの答えだった。

「……本気か」

「そんなに意外でしょうか？」

「だってあなたは、今のお役目に満足なんてしてないだろう？」

ええ、と答える真白はにこやかだ。

「当然満足なんてしておりません。里のため、自分のため、わたしはこんなところで終わってはいけないのです」

「だったらなぜ人定めの儀に参加しない。参加しさえすれば、尚侍《ないしのかみ》の常子さまをはじめ、上つ御方が直々《じきじき》に考査してくださる。望む立場を得るにはもってこいじゃないか」

「そうですね」

「そうですねって──」

「ねえお姉さま」

真白は思わせぶりに向き直り、微笑みを浮かべた。

「……なんだ」

「お姉さまこそ、今のお役目に満足されているのですか？　柿やら米やらをひたすら運ぶのが、那緒さんとおふたりで目指してこられた夢なのですか」

胸を衝かれたような思いがして、綾芽は立ちすくんだ。そうだ、逃げているわたしを見たら、那緒はなんて言うだろう。

「……今のままではいけないとは思っている」

「であればお姉さまは、人定めの儀に参加なさるのですよね？」

「それは」

「まさか悩んでおられるのですか？　かつてのお姉さまはここで迷う御方ではなかったはずですのに……斎庭がお姉さまを臆病に変えてしまったのですか」

真白はゆったりとした口調を崩さない。だが綾芽は目を逸らした。かっと身体が熱くなる。汗が滲むのに、後悔ばかりが頭を巡る。

そうだ、こんなはずじゃなかった。わたしはこんなふうに生きていくつもりなんてなかった。二藍を守りたかった。守って一緒に幸せになりたかった。みなの役に立って、よくやったと褒《ほ》めてもらいたくて――

「ですが迷う気持ちもわかります。確かに神招きの才なんて、めったに授かるものではないですものね……」

うつむく綾芽に同情したように声を低めて、真白は思案しだした。

かと思うと、「そうです」と目を輝かせて、突如《とつじょ》汚れた綾芽の手をとる。

「わたしがお力添えいたしましょう！　人定めの儀で品定めなどされずとも、今よりよい職に移してさしあげられるかもしれません」

「……力添え？　どうやってだ」

「二藍さまにご相談するのですよ！　わたしが心を込めてお願いすれば、別のお役目に任じてくださるはずです」

二藍さま。

その名は、一介の下級女官である真白の口からはけっして出てこないはずのものだった。だからこそ綾芽は、妹がなにを言ったのかすぐには理解できなかった。

「だめだよ」ととっさにつぶやく。「あのひとは頼れない。ただでさえわたしは――」

視界の端で真白の眉が怪訝《けげん》そうにひそめられて、綾芽はいまさらながら違和感に気がついて青くなった。

「……いや、なんて言った？　二藍さまって、まさかあの、春宮であられる……」

やっと思い描いた反応が返ってきたのか真白は嬉しそうな顔をした。

「ええ、あのやんごとない御方に、わたしがお頼みいたしてみましょう。斎庭で働いているわたしの姉に、もっとよいお役目をくださいませんかって」

「待ってくれ。あなたは、その、春宮とお知り合いなのか？」

「ええ」

「その官位では、目通りどころかお姿を拝《おが》むことすらできないはずだろう」

愕然《がくぜん》としている綾芽に気をよくしたのか、真白はますます唇をほころばせる。そして身を寄せ、信じられないことをささやいた。

「実はわたし、密命をいただいているのです」

「密命？」

「二藍さま、見どころのある女官にひそかにお声をかけて、己の手足としてお働かせになっているのですって」

「そのひとりとして、あなたが選ばれたのか？」

「ありがたいことに」

綾芽の頭は真っ白になった。

確かに二藍は、見込みのある女官をひそかに自分の配下として扱ってきた。佐智や須佐がまさにそうだし、『梓』だってそうだ。みな花将や女官として表の役目をこなしつつ、二藍の命《めい》を受けてひそかに斎庭や国を守ってきた。

その一員に、真白を迎え入れたのか。聞いていないし、信じがたい。真白は作り話でもしているのではないか。

だが、「二藍さまってどんなご容姿の御方なんだ」とさりげなく尋ねてみても、真白の返答はことごとく事実どおりだった。濃紫《こきむらさき》の袍《ほう》に垂髪《すいはつ》という誰もが知る特徴だけではなく、冷たく整った顔をしていること、だが実際は表情豊かで、やさしい目をしていること。深く芯のある声は穏やかに響き、それでいて激しさもひそませていること。

真白の官位では、本物の二藍を間近で目にする機会は絶無。であれば確かに真白は、綾芽の知る二藍から声をかけられたのだ。

そうとしか考えられなかった。

(……だから真白は、いまさら人定めの儀になんかに興味がないのか)

綾芽はようやく悟った。真白はもはや、考試などで必死に上つ御方の評価を得る必要はない。二藍に見いだされたのなら、今後の栄達は確約されたようなものだ。

喜ばしいはずなのに、胸がちりりと痛む。

なぜ二藍は、真白を見いだしたのだろう。どこに心を惹《ひ》かれたのだろう。

綾芽の義理の妹だとは知らないはずだ。知っていたら綾芽が生きていると伝えていたに違いない。つまり二藍は、真白が綾芽の妹だからではなく、真白そのものに目を留めた。

かつての息苦しさが刻を越えて覆《おお》い被《かぶ》さってくる。誰もが真白を望んでいた。真白こそが斎庭で活躍するのだと信じていた。綾芽など、陵《みささぎ》の森で死ねばいいと考えていた。

二藍もそんなふうに思うだろうか。薄くとも血は繋がっているから、綾芽と真白はどことなく顔だちは似ている。でも真白のほうが数段美人で、物腰もやわらか。美しい声をしていて、笑顔は花がほころぶよう。

そんな真白に、二藍も笑みを返したのだろうか。どんな顔をしたのだろう。尾長宮に召したのか。であれば二藍は外には出てこなくとも、居所のうちでは元気でいるのだろうか。綾芽にあんなおぞましい目に遭《あ》わされて、身体中を切り刻まれて、その傷は癒《い》えたのか。

もう、苦しんではいないのか。

泣いてはいけない。泣いたからといってなにも変わらない。逃げているだけだ。

そう自分を叱咤しても、涙が落ちるのをとめられない。

「お姉さま、どうなさったのです」

狼狽《ろうばい》した真白に、綾芽は嗚咽《おえつ》まじりに絞りだした。

「お元気だったか」

「え？」

「二藍さまにお目にかかったんだろう？　あの御方はお元気なのか」

「……二藍さまとお知り合いなのですか?」

「まさか。だけど近頃、ご病気って噂を聞いたから」

噂くらいで会ったこともない男を心配して泣くのかと、真白は疑問に思うだろう。だが訊かずにはいられなかった。

みな、綾芽に気を遣《つか》っている。誰もが『二藍さまは元気だから心配するな』と慰《なぐさ》める。

嘘だ。であればなぜ二藍は、尾長宮から一歩も出てこない。二藍は、懸命に動く人々を傍観《ぼうかん》していられる性分《しょうぶん》ではない。なにもせずに黙って座し、待っていられる男ではないのだ。どんなときも、自分を犠牲にしてでもみなのために働こうとする。なのに。

怖かった。あれほど尾長宮が静かなのは、実際は二藍が元気でもなんでもないからだとしたら。そんな身体にした綾芽を、二藍がもう愛《いと》おしく思っていないとしたら。恨んで呪っているとしたら。

怖い。怖くて会いにゆけない。それでも知りたい。知らずにはいられない。

真白は二藍と綾芽の関係を知らない。だから真実を話してくれるはずだ。真白が会った二藍の様子を、そのまま教えてくれるはずなのだ。

真白は不思議そうな顔をしていたが、やがてにこりとした。

「ご心配なさらず。二藍さまがご病気なんて噂に過ぎません。二藍さまはご壮健です。どこかが悪いようにはすこしも見えませんでした」

「……本当か？」

「お約束します」

そうか、だったらいい。二藍が元気ならそれでいい。

綾芽は涙を拭《ふ》き、幾度も息を吐いては吸った。それから笑みをつくった。

「二藍さまには、わたしのことはなにもお頼みしないでいい。女丁《はしため》をしている姉がいると知られたら、あなたの足を引っ張ってしまう。わたしは今のままで構わない」

二藍に余計な心労をかけたくない。真白にも迷惑はかけられない。真白は、自身の力で認められたのだ。綾芽とはなんの関係もない女官として見いだされた。誇らしいことだ。

「よいのですか？　でもわたしは……」

真白はしばし言いよどんでから続けた。

「わたしは、お姉さまにも幸せになっていただきたいのです。今のお姉さまは、あまりお幸せそうに見えません」

「大丈夫だよ」と綾芽は微笑んだ。「わたしはわたしでなんとかする。そうしなければならないんだ」

立たなければ、立たなければ、立たなければ！

「ですがお姉さま――」

「さ、真白、早く戻ったほうがいい。夕餉《ゆうげ》を食いはぐれるよ」

妹の華奢《きゃしゃ》な肩を叩いて、綾芽は身を翻《ひるがえ》した。振り返らず、歯を食いしばって走り去った。

＊

姉の背中が遠ざかり、真白は伸ばしていた手を力なくおろした。

なんだか、よくわからなかった。

姉に再会したときは驚いた。そして猛烈に嫉妬した。姉は故郷に送り返されなかったのだ。かつて真白が門さえくぐらせてもらえなかった斎庭《ゆにわ》で生きていた。

だが姉が認められて斎庭に留まったわけではないと知ると、潮が引くように心は静まって、喜びが押しよせた。とうとうわたしは超えた。この姉を超えた。わたしこそが選ばれるべき者だと、斎庭は証明してくれた。

(那緒さんは間違っていた)

一見なにも持っていないように見える姉を、那緒は友に選んだ。生まれたときから期待をかけられて、それに見合う努力を重ねてきた真白ではなく、姉と友情を結んだ。

その事実は長く真白を苦しめてきたが、とうとう忍苦の刻は終わったのだ。

だから真白は、なにも女丁《はしため》として日々身をすりへらしてゆく姉を哀れんだふりをして手を差し伸べたわけではない。心から悲しかった。救ってあげたかった。救って感謝されて、さすがは真白だ、かなわないよと言ってほしかった。認めてほしかった。

だから、秘密を明かした。

血は繋がらずとも姉妹であるふたりが、故郷から遠く離れたこの地でまさか再会できたのだから、すこしくらいは打ち明けてもいいだろうと思った。この姉は口が堅いひとでもあるし、二藍に授けられている密命の中身さえ明かさなければ構わないはずだ。

真白は今日、招方殿の土の床を掃きながらずっと、自分の秘密を知ったときの姉の表情を想像していた。

（二藍さまに見いだされたと知ったら、お姉さまはどんな顔をなさるかしら）

うらやましがるだろうか。憧《あこが》れが目によぎるだろうか。

それとも、嫉妬してくれるのか。

——なのに。

ひとり東女官町に戻って夕餉を口にしながら、真白は姉の泣き顔ばかりを思い出した。

姉の反応は、どれでもなかった。

姉は——綾芽は、泣いていた。

二藍の名を耳にして、その身を案じて涙を流していた。

姉を超えたと安心しきっていたのに、再び心はぐらぐらと揺れはじめる。なぜ泣いていたのだろう。どうして姿を拝んだことすらないはずの春宮を想って悲しんでいたのだろう。

(きっとお姉さまはお疲れなのよ。お心のやさしいひとだから、春宮がご病気だって噂を信じて心配なさっておいでだったのね)

真白は床《とこ》に入ってから、何度も自分に言い聞かせた。あの涙に特別な意味などない。姉は誰にも評価されず、なんとか斎庭の隅に引っかかっているだけ。ここに留《とど》まっていたのは、姉が言ったとおり行き違いの結果だ。必要とされたからではない。

そう念じる頭の隅に、ふいに、冷たい官人の声がこだまする。

——わたしが待っている娘は、お前ではないようだ。

最初の斎庭への出仕で門前払いされたとき、そう告げた男。

どこぞで見たような顔をしたあの男は、結局誰を待っていたのだろう。朱野に関係ある誰かだったのか。もしや、当時は罪人とされていた那緒と関係があったのだろうか。そもそも那緒の汚名が雪《すす》がれたとき、姉はどこでなにをしていた?

那緒の親友であった姉。

唯一、那緒の潔白を信じ続けた姉。

真白は唐突に、あの官人の顔をどこで見たのかを思い出した。

同時に恐ろしい考えが胸の底から音もなく浮かびあがる。

（あの官人が――二藍さまが待っていた娘とは、まさか――）

次の日も、その次の日も、箒で埃を掃きだしても、固く絞った布で柱を磨きぬいても、一度頭にこびりついた疑念は消えなかった。

こうなれば姉本人を問いただそうか。いや、それは最後の最後だ。

もっと確実な方法がある。

ある夜、真白は夜更《よふ》けに東女官町を抜けだした。周囲の目をはばかり、いつものとおりに二藍に命じられた秘密のお役目をこなすと、そのまま小走りで、隣り合う外庭《とつにわ》とのあいだを行き来するための西の門へ向かう。今宵《こよい》の門番は勝手知ったる女舎人《おんなとねり》で、黙りこくったまま、虚《うつ》ろな顔で真白を外庭へ通してくれた。真白は両手で胸を押さえ、大炊寮《おおいりょう》の塀の陰へ走る。

濃紫の袍のひとは、今宵もそこで真白を待っていた。

「よくぞきた」

男は、駆け寄った真白にあるかなしかの微笑みを向けて問いかける。

「どうだ、首尾《しゆび》よく執り行えているか」

真白は両手を揃え、にこりと笑みをつくってうなずいた。

「はい、うまく為せております、二藍さま」

密命に応じてひそかに為した行いの、その詳細を記した紙をさしだすと、二藍は広げて一読した。それから嬉しそうに目を細めた。

「他にも数名に密命を課しているが、お前は誰より優秀だ。褒美《ほうび》をとらそう」

と懐《ふところ》から小さな袋を取りだして、真白の掌《てのひら》に置いてくれる。

さっぱりとした香りが立ちのぼるそれは、香袋だった。袋の色は深い紫。二藍のみが身につけられる、濃紫の裂地《きれじ》をはぎ合わせたもの。

真白は目を大きく見開き、それから声を震わせた。

「いただけるのですか？」

「無論だ。お前に下賜《かし》しよう」

信じられない。手のうちに濃紫がある。

春宮の色である濃紫の絹地でできたものを下賜されるのは、春宮が心から信を置く者だけ。それほどまでに二藍は、真白を重用してくれているのだ。

「光栄です」と感極《かんきわ》まって伝えた真白を、二藍は上機嫌そうに見おろした。

「他にも望みがあれば与えよう。なにがよい、美味なるものでも下賜してやろうか？」

香袋を見つめて目を潤ませていた真白は、はっと息をつめた。今こそあのことを尋ねる絶好の機会ではないか。

勢いをつけて顔をあげる。

「もしお許しいただけるならば、ひとつお尋ねしたき儀がございます」

「なんだ、申してみよ」

ふいに二藍の瞳が冷ややかに細まる。真白を値踏みするように眺めている。

その目に真白は怖じ気づいた。わたしの姉をご存じか、と今にも尋ねようとしていたのに、勢いはあっというまに萎《しぼ》んでゆく。真正面からなんてとても訊けない。

「……あの、ほんの些細《ささい》なことなのです。二藍さまにはお好きな花はございますか。たとえば桜、梅、藤……」

どうにか捻《ひね》りだした問いかけに、二藍は疑いの目を逸らさず短く答えた。

「どれもよいものだな」

「では杜若《かきつばた》や菖蒲《あやめ》の花などはいかがでございましょう？」

「悪くない。が、なぜそのような儀を尋ねる」

「いえ！　ただ二藍さまのお好きな花を存じあげまして、畏《おそ》れ多くも御身を身近に感じとうございました。お答えいただき恐縮の限りです」

真白が慌てて頭をさげると、しばしあってから二藍は微笑みを浮かべる。

「身近に、か。なるほど、ならば壱師の花と答えておこう」

「壱師の花でございますか。……美しい彩りの花でございますね」

真白は微笑みながら、塀の際《きわ》に咲く季節外れの壱師の花を垣間見た。真白の故郷では、この花は墓場花と呼ばれていた。埋められた屍体《したい》の血を吸ったように、墓場で鮮やかに咲き誇るからだ。

赤き壱師の花。月明かりの下では、流れた血のような色をしている。

やがて二藍は身を翻した。

「それでは次の新月のころに、また同じように待っている。くれぐれも心して努めよ」

「お任せくださいませ」

紫の影が離れてゆくあいだ、真白は頭をさげ続けていた。しおらしくかしこまった身のうちで、心臓だけが激しく跳ねている。

(二藍さま、まったく『菖蒲』に反応されなかった)

他の花となんら変わらない態度で聞き流した。眉をぴくりとも動かさなかった。

つまり、間違いなく二藍は『綾芽』を知らない。

すくなくともその名を聞いたことがない。

であれば。

――疑念は取り越し苦労だったのだ。

もしやと思っていた。もしや姉は、那緒の汚名を雪ぐために二藍のもとで働いていたのではないか。そのために死んだと見せかけ、斎庭に残ったのではないのか。

つまり二藍にさきに認められたのは、真白ではなく綾芽だった。だがその後なんらかの理由で、綾芽は二藍のそばを離れたか、追放された。

そんな過去があったというのは考えすぎだったのか。

(そうよ、考えすぎよ)

与えられたばかりの香袋を胸に押しつけ、深く息を吸った。二藍の怜悧《れいり》な面持ちに似合う香り。どこか朱之宮《あけのみや》の陵《みささぎ》の森を思い起こさせる清純な薫香《くんこう》。

そうだ。那緒の件があって以降、朱野の邦《くに》が自信をもって送りだした娘は、ひとり残らず拒絶された。なのに、誰にも期待されていなかった綾芽だけが斎庭に求められるわけがない。あの二藍そっくりの冷ややかな官人が待っていた娘が綾芽であるものか。現に二藍は、『綾芽』の名に反応を示さなかったではないか。となれば先日姉が泣いたのは、二藍と過去なにかがあったからではなく、過剰《かじょう》な思い入れのせいだ。そうでなければ――

真白はぴたりと立ちどまった。
(……そうでなければ?)
冷たいものが背を流れていく。
真白は香袋を握りしめ、息をとめて振り返った。
青白い月の照らす路から、濃紫の影は失せていた。

第二章　五色の布、隔たれし手と手を結ぶ

　いつしか羽京《うきょう》に、冬の冷たい風が吹きつけはじめた。荷運びには楽な季節になったと車司《くるまのつかさ》の娘たちは喜んでいたが、綾芽《あやめ》の心は浮かない。浮かないまま、刻一刻と人定めの儀の日は近づいてくる。

「一応、参加するって報告はしておくよ」

　ある日、東の館にやってきた佐智《さち》は言った。「実際参加するかはまだ決めなくてもいいけど、手続きってやつがあるからな」

「……わかった」

「ふたつめの考試《こうし》では特技を披露《ひろう》しなきゃだけど、なにを見せる？　あんたは弓矢が得意だから、弓を引くのが手っ取り早いか」

　あ、でも、と紙に筆を滑らせていた佐智は、筆の尻を顎《あご》に寄せた。

「普通の弓だと立派すぎて、女丁《はしため》の特技としては不自然だな」

「……昔故郷で使っていた、短弓《たんきゅう》はどうだろう。わたしが作ったやつだから、立派でもなんでもないよ」

ぽつりと案を出してみると、「おお、それいいね」と佐智は再び筆を紙面におろした。

「じゃあ短弓の腕を見せるって書いとくか。それ、まだ持ってんの？」

「あるけど」と綾芽はうつむいた。「尾長宮《びちょうぐう》に置いたままなんだ」

尾長宮の、春宮妃《はるのみやひ》としての自分の室《へや》にある。

「じゃあ明日の晩にでもとりにいってきな。千古《ちこ》に出迎えるよう言っておくから」

とってきてくれないかと頼もうとしたのにさきを越され、綾芽は動揺した。

「わたしは行けない」

「なんで」

「なんでって、尾長宮は二藍《ふたあい》さまの居所《きょしょ》だろう！　今は十櫛《とくし》さまだっていらっしゃる。おふたりとも神ゆらぎだ。神毒《しんどく》持ちのわたしが近づいたら、神と化して死んでしまう」

「別におふたりに近づかなきゃいいだけだろ。十櫛さまは東の離れにいらっしゃるし、二藍さまは近頃ずっと南の対《たい》で寝起きしてる。あんたが北にある自分の室に弓をとりにいったところで、どちらとも出くわさない。危険なんかなんにもない」

「だけど――」

「千古に人払いしておくよう言っとくから」

とりつく島もなしに佐智は繰りかえすと、書きあげた紙を手に尾長宮へ戻ってしまった。

そして次の夜。筵《むしろ》を敷いただけの女丁《はしため》の寝床に横になり、綾芽は約束の時刻ぎりぎりまで迷っていた。力仕事で疲れ果てた他の娘たちは深く寝入っている。綾芽だけが両手を握りしめ、暗闇にうっすらと浮かぶ天井板の木目を瞬《まばた》きもせず見つめている。

鼓動は激しく、汗がこめかみを伝っていく。あの日のむごたらしい光景が頭に浮かんではかき消して、かき消すほどにまた鮮やかに浮かぶ。綾芽は両手で目を覆《おお》い、息を細く長く吐きだした。

(自分の室に、物をとりにゆくだけだ)

二藍には絶対に会わない。だから殺してしまうこともない。

そっと起きあがり、身支度を調《ととの》えて外へ出た。

月のない夜だった。星の光だけが背に落ちかかり、それすら届かぬ暗がりでは足元すらおぼつかない。妻館《つまだて》や官衙《かんが》の門前の篝火《かがりび》が、ぽつりぽつりと綾芽を招く。

夜も更《ふ》けて、人の気配はほとんどないが、尾長宮の朱色の門前には人影があった。ぱちぱちとはぜる炎に美しい横顔を照らされているのは女舎人《おんなとねり》の千古だ。武人らしく、姿勢を正して綾芽を待っている。

「久しぶり」

千古は綾芽を認めるや、それだけ言って門の中へと身を翻《ひるがえ》した。綾芽は黙ってついてゆく。庭にもいくつもの篝火がゆらめいている。その明かりを縫うように早足で進みながら、千古は口をひらいた。

「前にも一度、夜の尾長宮であなたと会ったことがあったね」

「そうですね」と綾芽は小さく答える。

昨年の年の瀬のこと、会わぬと言い張る二藍とどうしても話をしたくて、綾芽は尾長宮へ忍びこんだ。千古は誰も入れるなと厳命されていたのに、そして命令にはけっして背《そむ》かないのが信条なのに、綾芽を二藍のもとへ通してくれた。

もう一年も前のことだ。はるかかなたの思い出だ。

「あなたって、いつも大変だよね。地方から出てきた女嬬《にょじゅ》の身でご寵愛《ちょうあい》を受けるなんてうらやましいって思ったときもあったけど、今は考えを変えたよ。わたしには務まらない」

さばさばと言う千古に、「そんなことありません」と綾芽は足元を見つめて返す。

「わたしの立場にいたのが千古さまだったら、はるかにうまくことを運ばれたはずです」

綾芽が二藍のそばにいられたのは、神にものを申す力を宿していたからだ。別の者がこの希有《けう》なる力を手にしていたら、綾芽よりよっぽどうまく物事を動かせただろう。

二藍に、あんな思いはさせなかっただろう。

「それ、本気で言っているの？」

北の対《たい》の殿上《てんじょう》へのぼる階《きざはし》の前で立ちどまり、千古は鼻で笑った。笑いながら、階をのぼるように綾芽を促《うなが》す。綾芽は黙って礼を返して沓《くつ》を脱いだ。土にまみれた足の裏を拭《ふ》き、殿上にのぼった。

簀子縁《すのこえん》を突っ切り、御簾《みす》をくぐって母屋《もや》に入りこむ。

そこは春宮妃としての綾芽の室だった。

一年近く戻っていないのに、なにも変わっていない。だからこそ、しんと静まりかえった立派な調度のひとつひとつが、綾芽に冷たい視線を向けているように感じられた。

背を丸め、息をひそめて短弓を探す。几帳《きちょう》の陰に置かれた櫃《ひつ》をあければすぐに見つかった。綾芽は盗人《ぬすっと》のように弓をとり、一刻も早くここから立ち去ろうと小走りになった。

りん、と足元で鈴が鳴った。

逃げる足がびくりととまる。いったいなんの音だ。息をとめて瞳を向けると、足のさきに見慣れぬなにかが横たわっている。

長い綱《つな》のようなものだ。

目をこらすと、それは確かに綱だった。薄暗いからよくは見えないが、兜坂《とさか》の神を迎えるときに使う五色《ごしき》の幕を裂いて縒《よ》りあわせてある。その長い綱の端に鈴が縫いつけられていて、それにうっかり足が触れたのだった。

これは、なんだろう。

綾芽は綱のさきを目で追った。綱は綾芽の室をまっすぐ右へ横切って、御簾の向こうに消えている。御簾のさきにはもうひとつ室があるはずだが、そこで綱がどうなっているのかは、まったくわからなかった。なぜかといえば、隣は三方を壁に囲まれた塗籠《ぬりごめ》なのだ。月明かりのない今夜はいっさいが闇に溶けて、なにひとつ見渡せない。

まあいい、と目を伏せた。この綱は神招きに使うものなのかもしれないし、そうでなくとも綾芽に関わりがあるものではない。

そっとよけて、足を踏みだそうとしたときだった。

「それを手にしてくれぬか、綾芽」

塗籠の深い闇から、穏やかな声がした。

綾芽は打たれたように身を強《こわ》ばらせ、強ばらせたまま塗籠に目だけを向けた。やはりまったくの闇のうち、なにひとつ見渡せない。

それでもこの声は――

「……二藍」

あえぐようにつぶやいた。間違いなく二藍の声だ。二藍がそこにいる。闇のなかに座している。

胸がねじれて、脂汗《あぶらあせ》が額《ひたい》を伝う。離れなければ、と焦《あせ》りに衝《つ》かされる。一刻も早く去らねば、二藍が死んでしまう。殺してしまう。

なのに足は動かない。離れがたい。どうしても背を向けられない。どうすればいい、どうすれば。

立ちすくむ綾芽を、いつもどおりの、すこし冗談めいた声が再び促す。

「わたしの声は聞こえているな？　なにを迷っている、落ちている綱を拾ってくれ。綱というのは今、鈴の音がしただろう？　その鈴が縫いつけられた五色の綱のことだ」

笑い声に合わせて足元の綱がかすかに動く。鈴が転がる音がする。綾芽はようやく気がついた。御簾の向こうに伸びた綱のもう一方の端は、二藍が握っているのだ。

「一応説明しておくが、この綱は我らの腕の代わりだ。触れられずとも綱を握り合えば、手を握っているようなもの。互いの気配をはっきりと感じられるだろう？」

「……でも」

「案ずるな、なにも怖いことは起こらぬよ」

二藍の声は和《なご》やかで、それでいてしっかりとした芯がある。

そう思ったらもう、綾芽は湧きあがる望みに勝てなかった。握りたい。綱ごしでもいいから二藍と手を握り合いたい。限界だったのだ。

恐怖と期待に震えながら腰をかがめ、綱の前に膝《ひざ》をつく。指のさきで綱の端に触れる。掌《てのひら》に包みこむ。

「握ったよ」

「それでよい」

「大丈夫か。神毒は綱を伝わっていないか」

「そのようなことはないな」

「身体はなんともないか」

「案じなくともよいと言っているだろう」

と二藍は笑って、闇の中で綱を軽く引っ張った。五色の綱がぴんと張り、また緩《ゆる》む。綾芽を慰《なぐさ》めようと肩や手に触れるやさしい手の動きそのままで、綾芽は声につまった。

口をひらいてはとじる。言わねば。謝らねば。

だが言葉よりなによりさきに涙が溢《あふ》れた。なにを泣いているのだろう。泣いたところでなにひとつ変わらないのに。

「綾芽」

「ごめん、二藍、ごめんなさい」

涙に押され、ようやく謝罪の言葉が口をつく。苦しい思いをさせてごめんなさい。なんの力にもなれずにごめんなさい。無為に生きていてごめんなさい。

「なぜ謝る、お前はなにも悪くない」

と再び二藍はゆるやかに綱を揺らした。「我が身を害したのは神毒で、お前ではない。そもそもわたしが神気を欲《ほっ》する欲に負けてしまったから、あのような羽目に陥《おちい》ったのだ。つらい思いをさせてすまなかった」

「あなたが謝ることじゃないんだ！」

「お前が謝る必要もない。お前はただ、みなを救おうとしただけだ」

「そうして一番助けたいひとを殺しかけてしまったんじゃ意味がない」

「もうよいではないか。わたしは気にしていない。身体も大事ない」

「嘘なんてつかなくていい！　そんなこと言って、ほんとは――」

それ以上言葉にならず、綾芽は五色の綱を握りしめて泣き崩れた。

二藍はやさしい。綾芽を追いつめず、慰めの言葉だけをかけようとしている。

だが、綾芽だってとっくに気がついているのだ。

こんな月のない夜に、篝火の明かりも届かぬ暗がりで二藍が待っていたのは、そうでなければもはや言葉すら交わせないからだ。

二藍は『白羽《しらは》の矢』を得てしまった。綾芽の神毒によって、『的《まと》』のうちでもっとも神に近い者の証を押しつけられた。

『白羽の矢』が立った者は、相手の目を見て言った言葉のすべてが心術となる。だから二藍はもう、誰かと目を合わせて話はできない。心術で操ってしまわないよう、用心に用心を重ねてしか人と触れ合えない。

だからこんなふうに暗がりに紛《まぎ》れている。

——わたしのせいだ。

綾芽が二藍を、今まで以上の孤独に突き落とした。誰より傷つけ、取り返しのつかないところまで追いつめた。

「綾芽」

二藍が綱を引く。その思いやりが耐えられない。

「わたしは卑怯《ひきょう》なんだ」

綾芽は額を綱に押しつけて、涙声で絞りだした。

「あなたにずっと会いにこなかった。謝らなきゃいけなかったのに、本気で嫌われるのが怖くて足がすくんでしまった」

だから逃げていた。謝っても許されないのではないかと、なにもかも失ってしまったのではないのかと怯《おび》えて、向き合う勇気が持てなかった。

「謝る必要はない。それにお前を嫌うわけがないだろう」

「でも……でもわたしはもう、あなたが好きだと言ってくれたわたしじゃない。あなたになにも返せず、立ちあがれない、どうしたらいいかわからないまま逃げてばっかりの、どうしようもない女なんだ！」

そんなわたしを、あなたはいつまで好いてくれるのだろう。

さらけだすように吐露《とろ》した綾芽の胸のうちを、二藍は黙って受けとめた。そのまま肯定も否定もせずに黙していた。

五色の綱は力なく床に垂れている。綾芽の嗚咽《おえつ》だけが響いている。もう嫌だ。息がとまってしまえばいいのに。

やがて闇のさきで衣擦《きぬず》れの音がして、綱がゆるやかに波うった。

「怖かったのはわたしも同じだ」

静かな声が、塗籠の闇に溶けてゆく。

「わたしこそ、会おうと思えば会えたのだ。お前がなんと言おうとわたしが一言命ずれば、みな『的』の望みを叶《かな》えぬわけにはいかぬ。ゆえに、我らが会わずにいたのはお前のせい

ではない。わたしこそが、お前に愛想を尽かされるのを恐れていた。それを高花《たかはな》のおん方

に見透かされて、あまりにお前が哀《あわ》れだと叱《しか》られてしまった」

思わぬ言葉だった。

「……なにを言うんだ。わたしが愛想を尽かすわけがない」

綾芽は手にした綱を握りしめる。鈴が音を立てる。

どうだかな、と二藍は寂《さび》しそうに笑った。

「お前はずっと、わたしに希望を見せてくれた。寄り添ってくれた。だがわたしはどうだ。一生かかっても返しきれない恩があるのに、お前を悲しませるばかりではないか。こたびに至っては、とうとうお前の行く末を潰《つぶ》してしまった。背負わずともよい責めを背負わせてしまった。神ゆらぎになど情けをかけたばかりに、お前は苦しみ続けている。これ以上は付き合いきれぬと去られたとして、わたしに引き留める術《すべ》はない」

「ほんとに、なにを言ってるんだ……」

綾芽は涙に濡れた顔を歪《ゆが》めた。御簾のさきは闇、影すら目には映らない。だが二藍がどんな顔をしているのかはわかる。

違う、違うのだ。なぜそんなふうに言う。

「わたしは幸せだったよ。ずっと幸せだったんだ。そんな自分の幸福のために、あなたを

苦しめてきた。なんにもわかっていなかった」

　今になって、ようやく悟った。

「神毒であなたを殺してしまう身になってはじめて、あなたがどれほど立派だったか悟った。いつまでもみなを困らせているわたしとは違う。あなたは苦しくとも逃げなかった。神祇官《じんぎかん》として為《な》すべきことを為し、国のために尽くしていた」

　長い間、二藍に味方はいなかった。心を真に理解してくれる者はいなかった。それでも歯を食いしばり、孤独に耐え忍び、けっして振りはらえないさだめから逃げだしたくて仕方ないところをこらえて、神祇官としての責務に身を投じてきた。国のために働き続けていた。それがどれほど忍苦の道のりだったのか、綾芽は同じような立場に立ってはじめて、いまさらながらに思い知った。ひとつも理解していなかった。

「なにを言う」と二藍はすこし笑った。「わたしとて逃げて当たり散らして、まわりの人々を散々に傷つけてきただろうに」

「だけどわたしが斎庭《ゆにわ》に来たときは、折り合いをつけていただろう。なのにわたしは、『人になれる道はあるから諦《あきら》めるな』なんて耳に心地いい言葉を、根拠もない希望を、あなたに吹きこんだ」

　なにも知らないくせに、『きっといつか幸せになれる、この苦しみを抜けだせる』と励ました。空虚な夢を与えた。

それがどれだけ残酷な仕打ちを招くことになるのかも気がつかず。

「わたしは大馬鹿者だ、ひどいやつだ。ずっとあなたに、ありもしない幻の救いを押しつけ続けてきた」

「なぜそうなる。お前は確かに、わたしに救いを与えてくれただろうに」

「物中《ものもうし》の心臓を喰らえば人になれるって話か？　あんなの知らないほうがよかった！　結局あなたを落胆させただけだった」

鼻先にぶらさげられた希望を取りあげられるのなら、はじめからないほうがずっとましだったのだ。

だがそれでも二藍は、「なにを言っている」と笑う。声に宿ったぬくもりは消えない。

「あれとて知らずにいるよりはましだった。結果として役に立たぬものではあったが、確かに救われる道はあると知れたし――それにお前が与えてくれた救いとは、そのような役立たずの策などではない。お前は確かに、わたしをひとにしてくれたではないか」

「……どういう意味だ」

「わからぬか？　神ゆらぎの身は脱せずとも、今のわたしはひとだ。誰がなんと言おうと、胸を張ってひととして生きている」

綾芽は目をひらいた。

暗闇の底から響く声は、揺らぎもしない。

「ゆえにお前は正しかった。お前の努力はなにひとつ無駄ではなかった。お前のおかげで、お前がいたからこそ、わたしはけっして手に入らぬと諦めていたものを得た」

だからこそ、と二藍は言う。

「お前がなんと言おうと、かつての己《おのれ》を否定してかかろうと、わたしは耳を貸さぬ。お前がしてくれたようにふるまう」

「わたしが、したように」

「そうだ。わたしはけっして諦めぬ。お前が神毒から解き放たれる道を必ずや探しだす。だからお前も諦めてはならぬよ。春宮妃として、妻として、友として、わたしのそばにあってくれ。わたしの隣にあり続けてくれ」

——お願いだ。

御簾の向こうで、清らかな鈴の音《ね》が夜に溶けてゆく。星々が雲間に隠れる。

綾芽は顔を歪めた。

顔を歪め、口を引き結び、涙をぼろぼろと落とした。

「……わかった」

二藍は綾芽を救う道を探すと約束してくれた。こんなどうしようもない綾芽を、隣に立つ者として変わらず恋《こ》うてくれた。

(そばにあってほしいと言ってくれた)

いまだ目指すべきさきは見えない。綾芽は変わらず泥沼の中にいる。

だが二藍が望むのならば。望んでくれるのならば。

足掻くしかない。もがき続けるしかないのだ。

「二藍」と綾芽は歯を食いしばって呼びかける。

「どうした」

「わたし、人定めの儀に参加するよ。今のわたしに兜坂の神の祭祀《さいし》が務められるか試してくる」

胸が熱い。苦しさと憤《いきどお》りと、いてもたってもいられない衝動が、干からびた心にこみあげる。

「もし兜坂の神を招けるようなら、尾長宮に戻ってくる。もう物申でもなんでもないけど、あなたが春宮位をおりるまで、あなたの妻として神をもてなすお役目をこなせるように努力する。招けなかったとしても、自分になにができるかを考える」

「そうか」

「わたし、がんばるから」

綾芽は嗚咽をこらえて誓った。

「いつかこの神毒が失せたとき、また一緒にいられるように、斎庭に必要な者だと、あなたの妻に足ると、誰からも文句なく認めてもらえるように、ちゃんと隣に立てるようにがんばるよ。だから――」

五色の綱がぴんと張り、鈴が揺れる。綾芽はささやくように問いかけた。

「――だから、また会いにきてもいいか？」

静寂《せいじゃく》が満ちる。

一拍おいて、御簾の向こうからやわらかな答えが戻ってくる。

「無論だ。いつでも来るがよい。ここはお前の屋敷で、わたしはお前の夫だ。お前のしたいようにすればよい。わたしはここにいる。いつでもお前を待っている」

綾芽は深く息を吸いこんで、袖《そで》で目元を拭《ぬぐ》った。

「……ありがとう」

大丈夫だ、だったら立てる。立ち続けられる。そばにおれずとも、触れられずとも、目すら合わせられずとも、心はそばにある。必ずある。

そっと五色の綱を床に置く。

「じゃあ、また来るよ。おやすみ」

朔《さく》の夜のほのかな星明かりが簀子縁を照らす。秋の終わりを告げる弱々しい蟲《むし》の声が響く。階《きざはし》のたもとに、千古が背を向け立っている。

綾芽は階に足をかけ、ふいに立ちどまった。

二藍がいるはずの塗籠のほうを振り向いた。

やはり御簾の向こうは静まりかえっている。暗闇だけが広がっている。

それでも綾芽には、はっきりとわかった。二藍はそこにいる。さきほどまで覆っていただろう赤く変じた両の瞳で、まっすぐに綾芽を見つめている。

唇が震える。嗚咽が漏《も》れそうになる。

だが綾芽は口の端に力を込めて、息を吸った。

沈む闇のさきへ届くように、満面の笑みをつくった。

＊

二藍は瞬《まばた》きもせず、微笑む綾芽を目に焼きつけた。唇を嚙んで階を駆けおりていくのを、息をとめて見送った。

そしてその姿が木々の向こうへ消えたとたん、顔を歪めて両手を床についた。

歯を食いしばる。息があがる。綾芽が去るまではと我慢していたぶん、神気を求める神としての自分に抑えが効かなくなっている。

「二藍さま！」

控えていた千古が異変を察し、血相を変えて飛んでくる。助け起こそうとするのを制し、二藍は唸《うな》るように命じた。

「まだ耐えられる。だが疾《と》く神気を払わねばならぬ。羅覇《らは》を呼べ」

すぐさま千古は駆けていった。

二藍は噛みしめた歯のあいだから細く息を吐く。怒りがふつふつと湧きあがる。

（これだけ離れて会っても無駄なのか）

触れねば問題なく綾芽と話ができると信じていた。だが甘かった。二藍の神たる半身は、近づいてすらいなくとも、綾芽の身にひそむ膨大《ぼうだい》な神気を吸い寄せようとするらしい。

これではもはや、こうして声を交わすことさえ難しい。それどころか二度と会えないかもしれない。

（だがそうとは言えぬし、言いたくもない）

また会いに来てもいいか、と恐れを滲《にじ》ませ問いかける綾芽の声が耳に蘇《よみがえ》る。

二藍は力を振り絞って、耐えに耐えて、いつでも待つと答えた。それ以外の答えなどありえなかった。

他の答えなど絶対にない。あってはならないのだ。

朱色の瞳で闇を睨《にら》み据える。身を覆う衝動を、気力ひとつで振りはらう。

あのとき、綾芽の神気を吸ったこの身が神と化そうとしていたとき、二藍にはすべてが鮮明に見えていた。だから倒れゆく自分に、綾芽がどんな目を向けていたかも知っている。動転して、傷ついて、絶望していた。

ずっとそうだった。二藍を助けようとして、綾芽は傷つき続けてきた。何度恐ろしい目に遭《あ》わせたのか。何度つらい別れを味わわせ心を引き裂いてきたのか。

さきほども綾芽の声は揺れていた。泣いていた。必死に笑みをつくった綾芽の瞳は、二藍を殺しかけてしまったときと同じ色をしていた。

すべて見えている、知っているのだ。

なのになぜこの身は、駆け寄って慰めることすらできないのか。

「……このままでは終わらぬ」

二藍は闇を睨んだまま、声を絞りだした。

がんばる、と綾芽は言った。

いつかまた二藍の隣に立てるようにがんばると。

それでいい。その言葉が欲しかった。

無理をさせているのはわかっている。強《し》いているのも承知のうえだ。

だからこそ、けっしてこのまま終わりにはしない。二藍がさせない。己《おのれ》のすべてを懸《か》けて綾芽を救う。国を救う。己を救う。

そういう道はひとつだけ、確かにある。

この忌《い》まわしい朱色の目にも、はっきりと映っている。

*

羅覇が気を揉《も》みながら冊子《さっし》をひらいてはとじていると、佐智がやってきて、二藍が無事目覚めたと告げた。

羅覇は深い安堵《あんど》とともに顔をあげた。

「それはようございました。ご容体はいかがでいらっしゃいます」

「すでに几《つくえ》の前にお座りになって、巻子《かんす》を繙《ひもと》かれております。おふたりにお目にかかりたいと仰《おお》せですので、どうぞ参られませ」

羅覇は、同じく書物を検《あらた》めていた十櫛と目を交わし、冊子を置いて立ちあがった。先導する佐智に従い、巻子と冊子に埋め尽くされた室《へや》を出る。

ここにある書物はすべて、玉盤神《ぎょくばんしん》と神ゆらぎに関する知恵を記したものだ。先日羅覇が船で持ち帰った品ばかりではない。祖国八杷島《やはじま》が急ぎ送り届けてきたものも多く含まれている。綾芽を襲った悲劇を聞き及び、鹿青《かせい》も祭王《さいおう》も、なんとか二藍の力にならねばと焦《あせ》っているのだ。

先導する佐智の背を眺めながら、十櫛が低くつぶやいた。

「なにごともなくお目覚めになられてよかった。殿下ならば耐えてくださるとは信じていたが、正直に言えば、お心が挫《くじ》かれていないか案じていた」

「まことに」

羅覇もひっそりと答える。

昨夜、急ぎ神気を払うために駆けつけた羅覇と十櫛の前で、二藍は身体を深く折り、畳に額を押しつけて、怒りの形相《ぎょうそう》で床を睨んでいた。身体を切りひらき神気を払うあいだも泣き言は一言たりとも漏らさなかったが、ひどく無念を滲ませていた。

「殿下は国を率いるにふさわしい方であられますから、そう易々《やすやす》と心挫かれ神と化されるとは思っておりませんが――」

「それでもご内心では、深く落胆なさっておられるだろうな」

「なさらないわけはございません。綾芽の神毒を引き受けないよう、昨夜の殿下は万全を期していらっしゃったのに」

それでもだめだった。二藍の身は神気を引き寄せた。一度漏れだした神毒は、触れずとも神ゆらぎの身を蝕《むしば》むものなのだ。

「わたくしのせいです」

羅覇は顔をあげられなかった。胸がぎりぎりと搾《しぼ》られる。

綾芽が神毒に侵《おか》されたのは、八杷島を助けようとしたからだ。八杷島の王太子・鹿青を救うために、綾芽は敵である隠来《いんらい》と対峙《たいじ》した。その際神毒を呑まされて、神気を身のうちに飼う羽目となってしまった。

我が祖国を守れたのだから、隣国の悲劇になど目をつむるべき、そう羅覇は思おうとした。今までずっと自分に言い聞かせてきたように。

だが今の羅覇にはどう努力したところでそれは叶わなかった。切り捨てられない。綾芽と旅して気づいてしまったのだ。あの娘が、どれだけ懸命に人々に尽くしてきたか、どれほど二藍を想っているのかを知ってしまった。知らなければよかった。そうすれば、『おかわいそうに』ですんだものを。

「泣くな羅覇。我らに許されるのは、綾芽から神毒をとりのぞき、そして殿下を人とする術《すべ》を見つけだす。それだけだ」

十櫛は前を向いたまま、嚙みしめるように言った。その海色の瞳は、凪《なぎ》のように揺らがない。たかが人質とあなどっていたこの年上の王子は、いつしか羅覇の大切な主《あるじ》によく似た表情をするようになった。

羅覇は唇を嚙む。確かに十櫛の言うとおりだ。だが。

「殿下は、まことに妙策が見つかるとお思いになりますか」

それでも尋《たず》ねずにはいられなかった。

「この数月、綾芽の身から神毒を払う方法をなんとか見いだそうと、我々は書物の隅から隅まで目を皿のようにして確かめ、寝食を惜しんで考えてまいりました」

玉央《ぎょくおう》がつくりだした、物中を封じるための毒、神毒。それを綾芽の身からのぞくには、神ゆらぎをひとり犠牲にするしかないという。本当にそれしかないのか。綾芽を救う別の道は見つからないか。八杷島から託された書物をひとつ残らず読みこみ、頭をひねり、二藍とも忌憚《きたん》のない討議を重ねてきた。

あの娘を泣かせたままでは終われないのは二藍だけではないのだ。八杷島こそ、羅覇こそ、事態を打開しなければ立つ瀬がない。借りを返さず祖国に戻るわけにはいかない。

「それでもわたくしどもは、ひとつの光明《こうみょう》も見つけだせませんでした」

惨事を知った本国が急ぎ送り届けてくれた書物も読み尽くし、一縷《いちる》の望みをかけて兜坂《とさか》の文書院《もんじょいん》の資料も隅から隅まで調べたものの、一筋の光もさしこまず、ひとつの手がかりさえ見いだせない。

そうだな、と十櫛も息を吐く。

「玉央にとっては神ゆらぎなど捨て駒《ごま》ゆえ、神ゆらぎを犠牲にせず神毒を払う策など、はじめから念頭にないのだろう」

もし物申から神毒を払う必要が出てきたとしても、神ゆらぎの命になどたいした重さもない玉央はなんら困らない。神ゆらぎをひとり犠牲にすればよい。つまりは十櫛の言うとおり、神ゆらぎを犠牲にせずに神毒を払う術はもとより存在しない。

「ならば、殿下を人にしてさしあげる方法だけでも見つけだせればよいのだが……」

もし綾芽が神毒を抱《かか》え続けねばならなくとも、二藍さえ人になれればふたりはともに生きてゆける。兜坂国から号令神《ごうれいしん》の脅威《きょうい》すらも去る。

しかしそちらのほうも思わしくなかった。どれだけ探そうと、物申の臓腑《ぞうふ》を喰らう以外に神ゆらぎを人にする方法はない。

ふたりの瞳は昏《くら》く沈んだ。

二藍の室の前まで来ると、御簾ごしにその姿が窺《うかが》えた。

二藍は、褥《しとね》の上で肩に衣《ころも》を打ちかけ、こちらに背を向け几《つくえ》に向かっている。赤く変じてしまった目はさらけだしているから、なにやら書き物をしていたようだ。書物や巻子が散らばっている。

「殿下、十櫛でございます」

と廂《ひさし》から十櫛が声をかけると、二藍は筆をとめて、傍《かたわ》らに置いてあった細い布を手にとった。それを顔に巻きつけ紅玉《こうぎょく》のような瞳を隠すと、羅覇と十櫛へ向かい合った。

「よくぞ参られました」

「ご気分はいかがですか」

「悪くはございませんよ。すみやかに神気を払ってくださり、感謝いたします」

「もとはと言えば、我らの落ち度にございます」

恐縮して頭をさげた十櫛の声に、「おやめください」と二藍はかすかに笑った。

「幾度も申しあげておりますが、我が身や我が妻、そして我が国を救う術を探すわたしに手を貸してくださるならば、それでよいのですよ」

二藍は気丈だった。だからこそ羅覇も十櫛も、息がつまったようになった。この男をこれ以上気落ちさせたくないのだ。

だが話さないわけにはいかなかった。

「その儀ですが、殿下」十櫛は意を決したように両手に力を入れる。「残念なお知らせをいたさねばなりません。我らは、我が国と貴国の知恵を隅から隅まで見極めましたが、それでも、残念ながら……」

「綾芽の身から神毒を払う方法は、見つかりませんでしたか」

「……申し訳ございません」

「謝らずともよいのです。どれだけ探そうとないものはない。致し方ない。ですが」

と言ったきり、二藍は口をつぐんだ。瞳が覆われているから表情が読めない。あまりに意気消沈して話す気力も失せたのか。

もしそうだとしても、と羅覇は持参した神気払いの道具をしまった袋に手をやって、いつでも二藍の神気を払えるように身構えた。二藍がここで絶望してしまったとしても、神と化させはしない。綾芽のために、それだけは必ず防いでみせる。

しかし。

「羅覇よ。ひとつ尋ねたい」

しばしあって再び響いた二藍の声音は、絶望とはほど遠かった。

「……いかがいたしました」

唐突な問いかけに、羅覇は神気払いの道具袋から手を放し、窺うように顔を傾ける。すると二藍はこう問うてきた。

「神ゆらぎとは、神と人、どちらだと考えるか」

羅覇はすぐには答えられなかった。この男はいったいなにを知りたいのだ。

「……神ゆらぎとはその名のとおり、神と人のあいだを揺らぐ者でございます。つまりはどちらでもあり、どちらでもない。わたくしはそう教わりました」

「八杷島の教えだな」

「仰《おお》せのとおりです」

「では玉央ではどのように考えられているか知っているか」

「玉央では、神ゆらぎは『半神』と呼ばれます。半分が神、半分が人。やはり神でも人でもないとみなされているはずです」

「なるほど」と息をついた二藍は、今度は十櫛へ話を向けた。「十櫛王子はどう思われます。神ゆらぎであるご自分は、神か、それとも人か」

十櫛もやはり考えこんだ。やがて迷いながら言葉を返す。

「人であるかと」

「なにゆえそう思われますか。神ゆらぎが用いる心術とは、神の下す絶対の神命《しんめい》とほぼ同じ力。この点をもってすれば、神ゆらぎは神と等しいとも言えましょうに」

「わたしは力なき神ゆらぎですので、そのような大それた発想には至りませんでした」

と笑いつつ、十櫛は今度は惑《まど》うことなく告げた。

「わたしが神ゆらぎは人であると信じるのは、その心ゆえです、殿下」

「心ですか」

「はい。わたしも殿下も神ゆらぎではありますが、心は人と違いはございません。我らは泣き笑い、苦しみ、喜んでまいりました。そうでございましょう？　ですが神に心はありません。態《たい》の神も玉盤神《ぎょくばんしん》も、そこにあり、訪れ、去るものです」

「つまりは心のあるなしが、人と神を分かつとお考えなのですね」

「ええ」

然《しか》り、と二藍はうなずいた。

「実はわたしも同じ結論に至りました。確かに羅覇の申したように、神ゆらぎとは神でもたたびとでもなく、そのあいだを揺らぐ者。しかし我が身を振り返れば、我らはなにも神と人のあいだにあるわけではない。はっきりと人なのです」

人、と二藍は言い切った。

「それに気がついたからこそ――」

と一度言葉を切り、背を正す。静かに息を吸った。

「――心を持つ限り、この身は人であると思い至ったからこそ、わたしは国と綾芽と、運がよければわたし自身さえをも救う術を見いだしました」

思わぬ言葉に、十櫛も羅覇も声を失った。

綾芽のみならず、国や自身までも救える方法を思いついた？

「……まことですか」

信じがたい。廻海《めぐりのうみ》に生きてきた人々の膨大な知恵をもってしても、綾芽ひとりすら救える方策は見つからない。

なのに二藍は、それを見いだしたというのか。

いったいこの男は、なにを思いついたのだ。

「そもそも人と神ゆらぎとは、それほど隔《へだ》たるものではないと思われませぬか？」

呆然としているふたりの前で、両目を覆った二藍はほのかに微笑んだ。

「不死の『的』がなにを申すと笑われるかもしれませんが、わたしは本気でそのように考えております。ただびとと『白羽の矢』を持つわたしの違いとは結局、神気の量の違いでしかない」

「神気のあるなしではなく……量の違いと仰《おつしや》りますか」

羅覇は意外に思って口を挟んだ。「ただびとは神気をまとわぬ者、神ゆらぎはまとう者。我らはそう分けて考えてまいりました。しかし単に量の違いと仰るならば、殿下は、ただびとも多少は神気を帯びているはずとお考えなのですね」

二藍は、「そのとおり」とうなずいた。

「ただびとと呼ばれる者にも、わずかに神気をまとう者はいるに違いない。たとえば王族は、神ゆらぎではないとされる者もみな多少の神気を帯びているはずだ。であるならば、神気の濃さがまちまちな神ゆらぎがいる理由も説明できる」

「……殿下の仰せのとおりかもしれません」

羅覇は舌を巻いた。この男は、思った以上に神祇《じんぎ》の素質がある。

確かに、二藍や鹿青といった神気のいと濃き神ゆらぎから、石黄《せきおう》や十櫛のように神気をほとんどまとわぬ者まで、神ゆらぎの神気の濃さはさまざまだ。であればまったくのただびとに見える王族すらも、測れぬほどの神気をごく薄くまとっていると考えるのは突飛《とっぴ》でもなんでもない。

「王とはある意味では国の理《ことわり》。理の神たる玉盤神と、役目を一《いっ》にするもの。であれば玉盤神と同じ神気をまとっているのも当然なのかもしれません」

「ほかでもない八杷島の祭官が我が論に同意してくれるか。それは心強い」

と二藍は笑って、今度は十櫛へと話しかけた。

「であれば神ゆらぎと人とはやはり、従来考えていたほどはっきりと隔てられているわけではなく、ゆるやかな坂でひと続きになっているものなのでしょう。十櫛王子が仰ったように、我らは人であるのです」

しかしながら、と続ける。

「神と我らはどうでしょう。わたしが思うに、神と我ら神ゆらぎには、明らかな、はっきりとした隔絶がございます。もしわたしが神気に侵されたままだとしても、人としてとどまる限り、わたしはわたしのままあり続けるはずです。ですが神と化したならばもはや、わたしの姿をしたまったく別のものになってしまう」

「疫神《えきしん》になってしまった、我が祖先のようにですね」

心術を用いすぎて神気が溢れ、人を殺しては去る疫病を司《つかさど》る神と化してしまった犀果《さいか》のように。

「ええ。犀果さまの故事をかんがみても、神ゆらぎが神と化すとは、その姿かたちこそ保たれるものの、それまで生きてきた記憶も、考え方も、感情もすべてが失われることに他なりません。このわたしが神と化した際もそうなるでしょう。そしてその、失われるものこそが『わたし』なのです」

つまり、と二藍は念を押すかのように声音に力をこめた。

「つまり逆に申せば、このわたしさえ消えねばよいのです。わたしがわたしとしてあり続ける限り、理だろうとなんだろうと、この身を真に神には変えられない。神であるわたしとはけっして相容《あいい》れないはずの『わたし』が、生き続けてしまっているのですから」

羅覇と十櫛は顔を見合わせた。

二藍が二藍として存在する限り、二藍は絶対に神にはなりえない。

それが、『国と綾芽と、自身さえ救う策』の肝《きも》だと言わんばかりだ。

「……仰せのとおり、神ゆらぎが神と化しても心を失わずにいられればよいのですが」

なにが言いたいのだとばかりに、十櫛が口をひらく。

「ご承知のように、神と化せば心は消えるしかございません。どのような手を用いようと、人の心が消えゆくのをとめる方策はありません」

「それに」と羅覇も続く。「畏《おそ》れながら、わたくしはお言葉の意味が捉《とら》えられません。殿下が殿下であられ続けるとは、どのようなありさまを指しておられるのです」

意味がわからない。二藍が二藍であり続ければ神にはならないなんて、当然の話ではないか。一線を越したが最後、人としての心が消えてしまうからこそ、その直前で踏みとどまろうと抗《あらが》ってきたのではないのか。

だが二藍は涼しく答えた。

「お前ほどの知恵深き者がわからぬか？　この身が神と化そうと、人であるわたしを保ち続ければよいと申している。さすればわたしは、真の意味では神と化さない」

「ですからどのようにして、人としての殿下を保たれるのです」

「玉盤神の理を利用する。理同士をぶつけてほころびをつくるのだ」

「と仰いましても――」

言いかけた羅覇は、はたと気がついた。

理をぶつけてほころびをつくる？　まさか、この男は――

「殿下、それはつまり」

唇を震わせて問う。信じられない。「――つまり理そのものを用いることで、号令神の絶対の理を突き崩そうとされているのですか？」

二藍は顎を引いて、満足げな笑みを浮かべた。

「さすがは八杷島の祭官。そのとおりだ」

本気なのか。そんなことが果たして成せるのか。

怪訝《けげん》そうな顔をしていた十櫛も、二藍の意図しているだろう策を羅覇が伝えると、しばし絶句した。

「殿下、しかしながら、それは……」

「無論これはすべての努力が泡と消えたあと、最後の最後に試すべき策であるのは重々承知しております。ですが八杷島の深き知恵をもってしても事態が好転しないのならば、いかに荒唐無稽《こうとうむけい》と思われようと、この策に頼らねばならぬ日が来るかもしれません。わたしはその日に備えねばならぬのです。そのために、あなたがたの力をお借りしたい。我が策をまことに実行したとして、どれほどの勝算があるのか明らかにせねばならない」

静かな熱を帯びた二藍の訴えを、十櫛は口を引き結んで聞いている。荒唐無稽とは思っていなくとも、とんでもない男だと感じている。

そうだ、とんでもない男だ。まさかこんな奇策を思いつくとは。

あまりに無謀だ。禁じ手もいいところだし、もし二藍の考えどおりにことが動くとしても、望んだ行く末に辿《たど》りつくためには二藍自身はもちろん、この国のすべての人々に途方もない胆力《たんりょく》が求められるだろう。

それに、なによりも。

(この策には、絶対に必要なものが欠けている)

失われてしまったそれを、取りもどせると信じているのだろうか？

――いや、違う。

取りもどせると信じているからこそ、二藍はこの奇策を思いついたのだ。

十櫛もそれを悟ったようだった。

だからこそ、目を交わした瞬間にふたりの心は定まった。

「荒唐無稽とは思いませぬ。一考に値《あたい》するお考えかと」

十櫛が切りだせば、羅覇も身を乗りだし口添えする。

「どうかわたくしどもに、一助なりとも担《にな》わせてくださいませ」

二藍は頬を緩めて、「ありがたい」と口にした。

その布に覆われたかんばせを見つめながら、羅覇は心のうちで、この場にいない二藍の妃《きさき》の名を呼んだ。

――ねえ綾芽。あなたの大事な人は、ひとつも諦めてないわ。

(だからあなたも、諦めちゃだめよ)

ぽつぽつと雨が落ちだした。その音も耳に入らぬくらいに三人は、それぞれの知識と知恵のすべてをもって論議を交わしはじめた。

第三章　雨が嘘を流しゆく

夏の終わりの羽京《うきょう》には、しばしば傀《くしげ》の雨神と呼ばれる雨雲の神が訪《おとな》う。

それはときに荒れ神となり、収穫前の田を水浸《みずびた》しにし、稲を押し倒してゆく。もし北東の山々に居座って大雨を降らせたならば災禍《さいか》はさらに広がって、羽京の東を流れる神川《かみがわ》に濁流が押しよせる。決壊すると大惨事になるので、外庭《とつにわ》の官人《かんじん》たちは護岸の普請《ふしん》に年中頭を悩ませているという。

しかしさいわい今年は、傀の雨神は荒れないまま、季節は秋を過ぎ、冬の盛りへとさしかかっていた。

律令《りつりょう》の知識を問うひとつめの考査が行われるのは、そんなある日と決まった。

東の館で、考試《こうし》を控えた綾芽《あやめ》が遅くまで几《つくえ》に向かっていると、様子を見にきた佐智《さち》は呆れた顔をした。

「別にあんたは本当に二《に》の宮《みや》の妻妾《さいしょう》を目指すわけじゃないんだから、律令の口頭試問なんて適当にこなせばいいんじゃないの？」

「そうはいかないよ」と綾芽は、神祇令《じんぎれい》の記された冊子《さっし》に目を向けたまま答える。「他の女官たちは本気で挑むんだ。手を抜いたら失礼だろう」

「て言ってもさ、どんな試問が出るのかはもう、常子《つねこ》さまに教えてもらっただろ？　いわば最初からずるしてるんだから、意固地《いこじ》になって勉学に励まなくてもいいのに」

確かに常子は過度の負担にならないようにと、どのような試問が出されるかは教えてくれた。だからこそ、と綾芽は冊子をめくる手に力を入れる。

「ずるしてるからこそ、満点を目指さないと」

「いや満点とる必要はないだろ」

「あるよ。わたしは春宮妃《はるのみやひ》なんだから、そもそもよい成績がとれなきゃだめなんだ。問題を教えていただいたのなら、当然満点じゃないとみんな納得しない」

「……なんか綾芽って、変なところで真面目《まじめ》ですよね」

はいこれどうぞ、と佐智に温かい甘酒を渡した須佐《すさ》が、綾芽の前にも甘酒を載《の》せた盆を置いてくれる。搗栗《かちぐり》が添えてある。二藍《ふたあい》の好物だなと思い出して、綾芽の心はちくりと痛んだ。

しかしすぐさま振りはらい、冊子に並ぶ文字へ心を向ける。二藍とまた一緒に歩めるその日まで、立ちどまっている暇《ひま》はない。

「ほんとだよ。人定めの儀に参加するつもりになってくれたのは嬉しいけどさ」

甘酒を口にしながら、佐智が心配そうにつぶやいた。

「今度は懸命になっちゃって、ちょっと極端じゃない？　あいつがまーた余計なことを言って、無理をさせてなければいいんだけど」

「大丈夫だよ」と綾芽は口の端《は》を引き結ぶ。「これはしたくてしてる無理なんだ」

それは自分に言い聞かせる言葉でもあった。

二藍にはがんばると誓ったし、心の底からがんばるつもりはある。

だが本当は、まだ怖《お》じ気《け》づいている。

もし人定めの儀で、二度と神招きができないと判じられてしまったら。

（わたしはまた、道を失うかもしれない）

神招きなどできなくとも、果たせる役目はいくらでもある。だが春宮の妻としては失格だ。またひとつ、二藍のそばにいられる理由を失う。

それでも恐怖に蓋《ふた》をして走るしかない。心が癒《い》えるのを待ってはいられない。どうしても動かなかった身体が、二藍の願いに衝《つ》き動かされて走りだせたのならば、勢いを失わないよう、無理を押してでも駆け続けるしかない。

——わたしにはもう、それしかないんだ。

「わかったわかった」と佐智は甘酒の入った椀を置いた。「でもその無理にあんまり意味はないいな。満点なんて狙う暇があったら、これからあたしらと一緒に来たほうがいい」

「どこかに行くのか」

「そ。高子《たかこ》さまの妻館《つまだて》で、常子さまと高子さまがあることを相談されるんだ。その場にあたしと須佐も同席させていただくんだよ」

「……斎庭《ゆにわ》でなにかあったのか」

「まあな。斎庭と禁苑《きんえん》で、やっかいな異変が起こってるんだそうだよ」

手元の衣《ころも》を広げながら、佐智は言った。

「あんたがもし春宮妃として役立ちたいって願ってるなら、勉学に必要以上の完璧を期すより、その異変について聞いとくほうがいいんじゃないかとあたしは思うよ。もちろん、どちらを選んでもいいけど——」

「連れていってくれ」

「……そう言うと思った」

佐智はかすかに笑って、衣を綾芽の頭に被《かず》がせてくれた。

「あなたもお越しになったのですね、綾《あや》の君《きみ》。いいえ、もちろんいてくださって結構ですよ。それより、人定めの儀に参じると決心くださってようございました」

顔を合わせるなり言った高子に、綾芽は深く頭をさげた。

「ご案じくださりありがとうございました、高子さま」

二藍は高子に叱《しか》られたと言っていたから、きっとこのままでは埒《らち》があかないと裏から手を回してくれたのだろう。

しかし高子はつんと声を返すばかりだった。

「わたくしはなにもいたしておりませんよ。すべては春宮ご自身がお決めになったのです。しかしながら一言申させていただけば、春宮は、あなたを救う術《すべ》も見いだせぬまま会うなど、到底まかりならぬとお考えだったようですよ」

げに殿方とは臆病でありますこと、とつぶやいてから、高子は自身の隣に用意させた繧《うん》繝縁《げんべり》の厚畳《あつじょう》に座るよう、綾芽を促《うなが》した。

立ちすくんでいる綾芽の背を、佐智がそっと押す。綾芽は息を吸いこみ、心を奮《ふる》いたたせて高子の隣――春宮妃としての席に座した。

「それで常子さま。なにごとか、斎庭に異変が生じていると耳にしましたが」

みながそれぞれ腰をおろすと、綾芽は硬い口ぶりで高子の脇に控えている常子へ問いかける。ええ、と常子はうなずいた。

「近頃斎庭には、妙に獣や鳥が多いと思われませんか？」

「……獣、ですか？」

思いあたる節《ふし》がなく、綾芽は考えこんだ。斎庭のすぐ裏には広大な禁苑が広がっているから、もともとこのあたりは緑豊かで生き物も多い土地である。山からおりてきた猪《いのしし》や鹿が神に紛《まぎ》れて大路《おおじ》を闊歩《かっぽ》するなど茶飯事だし、鳥の声が絶える日もない。

と、黙って聞いていた須佐が「そういえば」と言いだした。

「斎庭の北東に、わたくしども膳 司《かしわでのつかさ》が管理している畑があるのです。秋頃、その畑にひっきりなしに猿が現れて、作物を食い荒らしておりました。妙なことです。秋といえば実りの季節ですから、山にも餌《えさ》はいくらでもありますでしょう？　わざわざ斎庭までおりてくるなんて」

「言われてみると」と佐智も首を傾《かし》げる。「尾長宮《びちょうぐう》の南庭《なんてい》に柿の木がございましょう。それが見事に熟れましたので二藍さまにお持ちしようと思った矢先、ことごとく鳥についばまれて困ったと聞きました。わたくしどもがひともぎするより前に、すべてを食い散らかされるなどはじめてです」

「わたくしは先日、妻館《つまだて》の庭で狐《きつね》を見ましたよ」

高子も扇《おうぎ》をゆらめかせた。「狸《たぬき》なら幾度も遭遇しておりますが、狐は警戒心の強い獣で里にはおりませんでしょう。斎庭ではついぞ目にした例《ためし》などありませんでしたのに」

それから高子は、戸惑《とまど》っている綾芽に目を向けた。

「綾の君は荷運びの任で、斎庭のうちを日に何度も行き来されているでしょう。なにかしら異変を目にしているのではございませんか？」

「……確かにみなさまのお話を聞いていると、そのような気がしてきました」

綾芽は小さな声で返した。

思い返すと、白鳥が地面に影を落とすほどの低さで飛んでいくとか、兎《うさぎ》の番《つがい》が堂々と大路《おおじ》を駆けていくのだとかを見た気がする。どちらも常の斎庭ならばほとんど遭遇しないから、なにかがおかしいのは間違いない。

（でもわたしは、言われるまで気がつかなかった）

自分のことで頭がいっぱいで、まわりに気持ちが向いていないからだ。物事をよく見通す目を持っていると二藍はいつも褒《ほ》めてくれていたのに、これではただの節穴ではないか。

焦《あせ》りの汗が背を流れてゆく。

「でもなぜ、鳥獣がこれほど増えているのでしょう」

と須佐が首を傾げた。「膳司では、禁苑の山の実りが足らぬゆえ、飢えた獣が餌を求めておりてきたのではと噂しておりましたが」

「おそらくそのとおりでしょう」と常子は答えた。「人をやったところ、禁苑北方の山の一角にて、木々がことごとく立ち枯れておりました。周辺に棲《す》まう獣は、この秋ほとんど実りを得られなかったはずです」

実りの季節に木が枯れてしまえば、冬を前にして食欲が旺盛となった獣はみな飢えてしまう。それで山をおりて斎庭《ゆにわ》にまでやってきたのではと常子は考えているようだった。

「山枯れですか。それはいささか妙ではございますね」

と佐智が口を挟んだ。「他の山は至っていつもどおりですから、枯れたのはその一角だけなのでしょう。なぜその山のみが枯れたのでしょうか。まさか――」

ええ、と常子は佐智の意を汲《く》み重くうなずいた。

「こたびの山枯れは、神招きが障《さわ》ったゆえと考えるべきでしょう」

祭礼は、長い年月をかけて最適の形に収まっている。神をいつ招き、どこでどのようにもてなすのか、それこそ時期や祭主《さいしゅ》のふるまいから、神饌《しんせん》の一品に至るまで最善の形というものがあり、それに沿うよう厳格に執《と》り行われる。そのように尽くしてこそ、神はこちらの意図したようにふるまってくれる。

逆に言えば、すこしでもどこかに欠けがあれば、神は願ったとおりには動かない。人の利を得るための祭礼は失敗し、荒れた神が災禍を招く。荒れるまではゆかなくとも、なんらかの意図しなかった結果、つまりは障りを引き起こす。

今回木々が枯れたのは禁苑の内部、すなわち神を招き、もてなす場の一角。そのような場所は神招きの影響を強く受けるから、斎庭で執り行われているなんらかの神招きに失敗があり、結果生じた障りによって、その山一帯でのみ立ち枯れが起こったのだと常子は考えているようだった。

「もっとも障り自体は珍しくもございませんし、ときおり起こるのは致し方ないことです。我らは人、手ぬかりは当然ありますし、いつでも神を望んだように動かせるわけもありませんから。ゆえにこたびの問題は障り自体というより、祭礼において障りを起こすような疎漏《そろう》があったにもかかわらず、いっさいわたくしに報告がされていないことです」

常子のもとにはすべての神招きの詳細な報告があがる。うまくいったこと、いかないこと、すべてだ。障りが出るような失敗があったとして、それがきちんと報告されていれば、なにも問題なかった。立ち枯れなどの影響があるとすぐに察しがついて、さきんじて対策を打てるからだ。

しかしいくら調べようと、禁苑の山を枯らすほどの障りを起こす過失は、まったく報告されていなかったのだという。

「……誰かが自分の失敗を隠しているのですか？」

障りを生じさせるほどの重大な過失が見当たらないのなら、それは誰かが故意に報告を怠《おこた》った、つまりは自分の失敗を隠そうとしたからではないか。

綾芽が尋《たず》ねると、高子と常子はたまゆら目を見合わせる。

ややして常子が口をひらいた。

「まずはその線を疑うべきでしょう。とはいえ祭主たる花将《かしょう》が嘘をついたとは思えません。そのような不届き者が花将の任までのぼりつめられるわけもございませんから。ですからわたくしどもは、祭主以外の神招きに関わる者のうちに、失敗を隠した者がいると考えております」

ひとつの神招きには、祭主である花将の下に何人もの女官が関わっている。そのうちの誰かが、祭礼を主宰《しゅさい》する花将にはうまくいったと報告しておいて、実際はとんでもないしくじりをやらかしているかもしれない。

「そして失敗を黙っているような娘とは、その結果が祭礼や国のあり方にどれほど差し障るのかをまだ理解していない、未熟な者に相違ありません。祭礼に関わって長ければ、過《あやま》ちは報告したほうがむしろ咎《とが》められないという実例を見聞きしているはずですから」

常子は経験の浅い、位《くらい》の低い女官たちを疑っているようだった。

「では佐智たちを呼んだのは、娘たちのあいだに紛れこみ、失敗を隠している者を探しだすためなのですね」

「そのとおりです」

　常子が言えば、高子も続く。

「嘘をつくような女官は残念ながら、失敗の事実どころか、嘘をついてしまったことすらわたくしども上官には隠し通そうとするでしょう。ですが、案外同じような立場の者には簡単に打ち明けるものです」

　そうかもしれない。だったら。

　綾芽は唾《つば》を飲みこんで、意を決して身を乗りだした。

「わたしにもどうか、女官たちから聞きとりをさせてください。失敗を隠している者がいないか、尋ねまわらせてください」

「……あなたが？」と常子は眉をひそめる。「荷運びの仕事は、人に尋ねまわるのには適していないでしょう」

「人定めの儀で聞いてまわるのです。人定めの儀には、斎庭中のさまざまな官司《ぐうじ》から未熟な娘が集まるのでしょう？　その者たちからそれとなく聞きだせば、上官には報告しなかったような失敗をつい明かすかもしれません」

むしろ人定めの儀こそ、噂を集める場にふさわしいはずだ。

「あなたは考試でお忙しい。負担をかけるわけにはいきません。別の女官を紛れこませてもよいのですよ」

常子は気が進まないようだ。それでも綾芽は退《ひ》かなかった。両手を床につき、懸命に頼みこむ。

「わたし自身が為《な》したいのです。お願いします、やらせてください。お役に立てるようにがんばります。ですからどうか」

「……いかがいたしますか、高花《たかはな》のおん方」

「構いませんよ、綾の君がご自分で動かれたいと思われるのはよきことです。ですが」

と高子は釘をさす。

「それで春宮妃としての責務を果たしたと考えてはなりませんよ。あなたは神招きの才を判じられるのが怖くて、逃げている。それをご自身できちんと自覚なさっているのであれば、ぜひお頼みしたく存じます」

「高花のおん方、そのようなお言葉はあまりにも――」

「……いえ、高子さまの仰《おお》せのとおりです」

庇《かば》ってくれようとした佐智をやんわりと制して、綾芽は唇を嚙みしめた。

「あくまでわたしが人定めの儀に参じるのは、今も兜坂《とさか》の神を招けるのか、春宮妃にふさわしい神招きの才を保てているのかを明らかにするためです。重々胸に言い聞かせ、聞きとりを進めたく存じます」

そうだ、ここで役に立ったからといって、それは真に綾芽に求められた役目をこなしたことにはならない。鮎名《あゆな》や高子のように、または常子のように、人の上に立ち人を導けないようでは、物申《ものもうし》という絶対の力を失った綾芽はもはや二藍の隣にいられない。斎庭で必死に努力している他のすべての女官に対する裏切りになる。

「よく悟っていらっしゃる」

と高子はわずかに声音を和《やわ》らげた。「ならば心配はございません。お任せいたしましょう。きっとうまく為してくださると思っておりますよ」

最初の考試が行われるのは、静かな雨の降る日だった。明け方に東の館で起きだした綾芽は、出立《しゅったつ》の用意をすませると、大切に箱にしまっていた二藍の袍《ほう》を取りだし胸に抱いた。薫《た》きしめられていた香りは日に日に褪《あ》せてゆく。目をつむって集中してようやく、ほんのわずかに感じられる程度になってしまっている。

それでも綾芽は深く息を吸い、どうにかその清らかな香りを感じようとした。

貴族が用いる香りの良し悪しなどてんで判じられない綾芽だが、この香りだけは特別だった。この香りが好きだと綾芽が言った日から、二藍はごく限られた、心を許した人々と会うときにだけ薫きしめるようになった。

それがすこしくすぐったくて、嬉しかった。この香りを吸いこめば、二藍の心の一端に触れられるような気がした。

ほのかな香りが鼻先を撫でる。ようやく顔をあげ、心の中でつぶやいた。

——それじゃあ、行ってくるよ。

雨に青く霞《かす》んだ朝の斎庭を、笠を目深《まぶか》に被《かぶ》ってゆく。よい成績を収められれば大きく取り立てられるとあって、考試を受ける女官は数多いと聞いた。参加の資格がある女官のうち、半数ほどが受けるそうだ。

官位の低い者が集められた大蔵《おおくら》に着けば、すでに多くの娘が考試の開始を待っている。さまざまな装束《しょうぞく》の娘がいた。女官の服装は司《つかさ》ごとに異なるから、ほとんどすべての司から集まっていると知れる。身を強《こわ》ばらせてひとり待つ者、頭の中の知識を何度も反芻《はんすう》する者。人と話しているほうが気が紛れるのか、そもそもそれほど真面目に臨《のぞ》んでいるわけでもないのか、集まって話をしている輪もいくつか見える。

（祭礼の失敗を隠している娘がいるのか調べないと）

　さっそく綾芽は意気込んで、会話の輪のひとつへ近寄っていった。

「――二藍さまには綾の君って御方がいるんでしょ？　いまさらわたしたちが努力したって、綾の君が一の妃《きさき》なのは揺らがないじゃない」

　しかし娘たちの会話の中身が耳に入るや、足はぴたりととまってしまった。

「あら、わからないわよ。二藍さまって、お高くとまった都の貴族の娘より、ものを知らない馬鹿な娘を好まれるって噂だもの」

「知恵がある女を疎《うと》まれるご性分《しょうぶん》なのかしら？　賢《さか》しらな女を嫌う殿方っているものね」

「だったらわたしたちも、ご寵愛《ちょうあい》にあずかる目はあるんじゃない？」

　はしゃいだ笑い声から、綾芽は黙って背を向けた。この娘たちから聞きだすのはあとにしよう。そうしないと怒りを抑えられそうにない。

　気を取り直して別の娘たちの集まりに足を向ける。だがそちらも話題は似たり寄ったりだった。

「別にご寵愛なんていらないのよ。そこで綾の君と競うのは愚かだわ。わたしたちは斎庭の女官なんだから、女官として信頼していただければいいのよ。そうすれば重用される。単純な話よ」

「だけど女官としても綾の君に勝つのは難しいんじゃない？　あの御方、さきの騒乱でとんでもなくご活躍なさったっていうでしょ」

「そういえば、そんな話もあったわね……」

「待って、そもそも綾の君って本当にいらっしゃるの？　全然表に出てこないし、女官の誰かがちょっと妃を装《よそお》っただけとか、そういう話だと思ってた」

「やだ、ちゃんといるわよ。二藍さまが立坊《りつぼう》されるまでお暮らしになってた東の館に、ひっそりと住まわれてるって聞いたわ」

「二藍さまのいらっしゃる尾長宮《びちょうぐう》には一緒に住んでいないの？　意外ね」

「確かに、なぜご一緒ではないのかしら」

「ご寵愛が失せたんじゃない？」

「だとすれば――」

綾芽は深く息を吸った。

気にしてはいけない。みな、これは二藍の妻妾を見いだすための考試と思いこんでいるから、唯一《ゆいいつ》の妃である『綾の君』を意識しているのだ。

（今は、為すべきことを為すんだ）

心を奮いたたせて足を踏みだす。娘たちから話を聞こう。でないと、本当に噂どおりの末路が待っている。

会話の輪に加わり、綾の君の話題に耐えに耐え、それからようやく、荷を落として食事を抜かれた自分の話を枕に、それとなく失敗談へと流れを導いてゆく。

さいわい誰より官位の低い綾芽を前に気が緩《ゆる》んだのか、緊張をほぐしたかったのか、次第にみな話に乗って、饒舌《じょうぜつ》に語りはじめた。ちょっとしたしくじりで上官に叱《しか》られたと打ち明ける者が現れると、すぐに『上官なんかには言わなきゃばれないのよ』と失敗を黙っていた経験を誰かが明かす。瞬《また》く間《ま》に話は盛りあがった。自分の失敗ばかりでなく、身近な同僚や上官の後ろ暗い過《あやま》ちの噂も集まってくる。

もっとも、ほとんどの話は祭礼そのものとは関係なかったり、ごく些細《ささい》なものだったりした。しかしその中でひとりだけ、いささか気になる話を語りはじめた娘がいた。

「厨司《くりやのつかさ》に勤める友だちに聞いたんだけどね」

女官の食事を用意する厨司での噂だと言う。

「貴重な食材を置いておく蔵があるそうなんだけど、そこに蟻《あり》が湧いて大騒ぎになったんですって。どうも誰かが、床に黍《きび》の粉をこぼしちゃったみたい。黍の粉って甘いから、とっても貴重でしょ？　それをこぼして黙ってたわけで、役付き女官がかんかんになって犯人捜しをしたのよ。まあ、そのときは見つからなかったんだけど――」

娘は声をひそめた。

「友だちが言うには、一番若い水汲《みずく》みの娘が犯人に違いないそうよ」

言い切ったので、綾芽は首を傾げた。

「なぜわかる。証拠がなかったから、犯人捜しでも嫌疑をかけられなかったんだろう?」

「そうなんだけど、この頃態度がおかしいから、絶対その子だって噂になってるらしいわ。なにをやらせてもうまくできないおどおどとした子だったのに、近頃人が変わったみたいなんですって。同じお役目の子を馬鹿にして、まるで自分だけは選ばれし者みたいな態度でいるらしいわ」

「自分だけが……」

綾芽はひそかに眉根を寄せた。

同じような話を、どこかで聞いた気がする。

「しかもその子、犯人捜しが始まったとたん、またおどおどしはじめたそうよ。そんなの犯人に決まりじゃない。自分じゃなんにもできないような子だから、どうせ悪いやつにそそのかされたのよ。黍の粉は高く売れるから盗んでこいって言われたんでしょ。でも失敗してこぼしちゃったのね」

綾芽は考えこんだ。

厨司《くりやのつかさ》は、神招きとは直接関わりのない官司だ。だからおそらくこの黍の話も、問題になっている山枯れの一件とは関係ないだろう。

(だけど、その子の態度は気になる)

かつて斎庭《ゆにわ》に付け火を為したのも、官位の低い娘だった。急に周囲を見くだすようになり、二藍を名乗る男に目をかけられているんだと自慢していたという。その偽者《にせもの》の二藍にそそのかされて焔《ほむら》の神を勝手に招き、自分もろとも斎庭の一角を燃やし尽くした——

(……あれ)

ふいになにかが引っかかった。

なんだろう、胸がざわりと不穏に騒ぐ。

しかしその違和感の正体を突きとめるよりさきに、考試を担《にな》う内侍司《ないしのつかさ》と斎式部《さいしきぶ》の女官が列をなして入ってきた。娘たちは一斉に頭をさげ、綾芽も慌《あわ》ててかしこまる。とにかく耳にした話は、考試が終わったら常子に報告しておこう。

すぐに第一の考試は始まった。ひとりずつ別室に呼ばれて、神祇令の知識を問われるという。さすがにここに至るとみな静かに自分の番を待ちはじめる。綾芽もひとり、何度も読みこんだ神祇令の記述を思い返した。入庭《にゅうてい》以来大切に使っている神祇令が記された冊子は、二藍が自《みずか》ら筆をとってくれたものだ。美しい手跡《て》が瞼《まぶた》の裏に蘇《よみがえ》る。几《つくえ》の前で、斎庭のあり方や心構えを説いてくれた穏やかな低い声も胸の中に響いている。

二藍に会いたい。

気持ちを落ち着けようと息を吸っては吐いているうちに、綾芽の番が来た。別室に赴《おもむ》いて、見知らぬ女官の前に立ち、問いかけに口をひらく。緊張で声が震えたが、はじめは神祇令の記述をそのまま暗誦《あんしょう》するだけの容易なものだったから、難なく答えることができた。

試問は徐々に深き問いかけへ移る。神招きとはそもそもなんのために行うのか。神の一挙一動を細かに記録するのはなにゆえか。危急のときにはいかにするべきか。

綾芽はひとつひとつに答えを返す。神招きとは人の利をひきだすためのもの。積み重ねた記録こそが斎庭の命、記録が残っているからこそ祭礼を適した形に整えられたし、万が一神が荒れればその理由を推察できる。祭礼の場にあっては過去に得た知恵を信じ、次第のとおりに為すよう心がける。それでもなお神が荒れてしまったら、まずは焦《あせ》らず惑《まど》わず神の様子を見定めて、なにが常と違うのかを考える――

質問が重ねられるにつれて、口はなめらかに動くようになった。今まで二藍や斎庭のみなが教えてくれた事柄や、幾度もくぐり抜けてきた神と対峙《たいじ》した経験を、そのまま言葉に変えればいい。

気がつけば試問は終わっていて、女官はひどく感心した顔で、「よく勉強している」と褒めてくれた。

綾芽の頬にかすかな笑みがのぼる。

ひさびさに、心の底から湧きあがった笑みだった。

すべての娘の試問が済んで、大蔵を出たころには日も暮れていた。今日合格していれば、次は各々《おのおの》の特技を披露《ひろう》する考試に挑む。能書ぶりを見せる者、舞や管弦の技を披露する者、知識の豊かさや算術の腕を買われようとする者、それぞれがそれぞれの力を見せつけることになる。綾芽は予定どおり、弓を引くつもりだった。

夕食をとるうちに疲れがどっと押しよせてきた。綾芽は黍をこぼした娘の話を文《ふみ》に書き記して須佐に預けると、その足で車司《くるまのつかさ》の女丁《はしため》の寝屋に戻って泥のように眠った。

翌日、陽《ひ》がのぼる前に一日目の考試の結果が発表される。

綾芽は合格していた。

それから次の考試までのあいだ、驚いている車司の上官に話をつけて、短弓《たんきゅう》の練習を繰りかえした。常子は文を返してくれて、試問を担当した斎式部の高官がたいそう綾芽を褒めていたと教えてくれた。

それから黍の娘の件についての報告にも感謝が綴《つづ》られていた。綾芽の読みどおり、黍をこぼしたという娘が木々の立ち枯れを起こしたわけではなさそうだが、かといって娘の態度は怪《あや》しく、常子も不審を感じているようだ。近いうちにその娘を呼びだし、常子が自ら話を聞いてくれるという。

そうこうしているうちに次の考試の日がやってきて、綾芽は短弓を手に禁苑《きんえん》北面の射場へ向かった。いまだ山枯れの原因は判明していない。今日も今日とて考試に参加する娘たちから噂を聞きだすつもりだった。

しかし。

いざ射場に着いてみると、前回と打って変わって周囲は静まりかえっている。娘たちはうつむいて、言葉を交わしても二言三言だけ、すぐに押し黙る。

戸惑っている綾芽に近づいてきたのは、採点役として訪れている千古《ちこ》だった。

「昨夜の話、まだ聞いてないいんだね」

弓の手入れをする綾芽を眺めるふりをして話しかけてくる。綾芽も弓から顔をあげずに言葉を返した。

「……なにかあったのですか?」

「外庭《とつにわ》で、斎庭《ゆにわ》に仕《つか》える娘が死んでるのが見つかったんだよ」

綾芽は矢を取りだそうとしていた手をとめた。

「斎庭と外庭を繋ぐ西の門があるでしょう。その門を外庭側に出てすこし行ったところで、厨司《くりやのつかさ》で働く娘が死んでいた。殺されたんだよ、ばさりとひと太刀《たち》浴びせられてね」

しかも、と千古は、さも綾芽の弓に興味をもったようにしゃがみこんで声をひそめた。

「殺されたのは、あなたが常子さまに報告した者だった。黍の粉をこぼして蟻をたからせたと噂になっていた娘がいたでしょう」

綾芽は思わず千古のほうに顔を向けた。千古は短弓に目を落としたままだ。

「常子さまは、今日にも娘を呼びだして話を聞くおつもりだったそうだよ。だけどその前に、娘は殺されてしまった」

「口封じされたのですか」

「どうだろうね。死んだ娘の態度は確かに怪しかった。急に偉ぶってまわりを見くだすなんて付け火をやらかした娘と同じだし、誰かの威を借りていたようにも思える。でも実際なにをしたかっていうと、黍をこぼしただけじゃない」

焰の神を勝手に招いて火災を起こした娘とはそこが違う。黍をこぼしたところで斎庭に大きな災禍は訪れない。せいぜい蔵の食材が蟲《むし》に食われるくらいだ。

「付け火の娘のように、明らかに斎庭に仇《あだ》をなす非違を犯したわけでもない。黍をこぼしたのも、本当にただうっかりしていただけって場合もある。誰かに指図を受けていた確証もないし、殺されたのだって、もしかしたらまったく関係ないこと――たとえば恋情のもつれのせいかもしれない」

「もつれたのが、たまたま常子さまに呼びだされる前夜というのですか？」

そんな偶然があるだろうか。

「ありえなくはないよ。どちらにしろ死んでしまったから確かめられないけど」

とにかく、と千古は再び立ちあがった。「死んだ娘のことも、立ち枯れにまつわる噂もこちらで調べるから、あなたは人定めの儀に集中するように。常子さまはそう仰《おお》せだよ」

「……わかりました」

誰も彼もが口が重い中、考試は始まった。綾芽も衛士《えじ》の娘に交じって弓を引く。だが集中しなければと思うほど、頭の隅に引っかかっている疑問が膨《ふく》らんで仕方ない。

死んだ厨司《くりやのつかさ》の娘。なぜ殺されたのだろう。黍をこぼしたことは関係しているのだろうか。そもそもどうして娘は黍をこぼしたのだ。つまみ食いをしようとしただけか、盗みだそうとして失敗したのか。

それとも――なにか、別の深い理由あってのことだったのだろうか。

結局なんとか合格をもらえたからいいものの、普段よりいちじるしく精彩を欠いた腕前をさらす羽目になってしまった。

「考試に集中してと言ったでしょう。最後の考試は明日。きちんと準備するんだよ」

去り際《ぎわ》千古に苦言を呈《てい》され、綾芽は小さくなって斎庭へ戻った。足早に東の館へ戻り、食事をとる。そのあいだも、褥《しとね》へ倒れこんでからも、いくつもの不安が代わる代わる頭に湧きあがり目眩《めまい》がしそうだった。

心に深く根を張る不安、降って湧いた不安。

そしてもうひとつ、新たな不安。

しかし綾芽は掛け布を頭から被り、自分に言い聞かせた。

――集中するんだ。

今は余計なことに心を揺らしている余裕はない。まずは人定めの儀をしっかりと終わらせる。それがさきだ。

結局、気を失うように眠りに落ちていたらしい。

次の朝は存外すっきりと目が覚めて、綾芽は手早く身支度を調《ととの》えた。昨晩疲れ果てていてよかったと思った。でなければ不安に押しつぶされて、一睡もできなかったに違いない。

二藍の袍を抱きしめて眠ってしまったようで、皺《しわ》が寄っている。丁寧《ていねい》に伸ばして衣桁《いこう》に吊るした。どれだけ深く息を吸っても、もはや二藍が薫きしめてくれた香りは感じられない。それが寂《さび》しい。

いよいよ出かけるというとき、ふと気がついて懐《ふところ》から短刀を取りだした。つい癖《くせ》で身に帯びたが、これは考試の場には持っていけないのだった。武具の類《たぐ》いの持ちこみは禁止されている。

二藍があつらえてくれた、美しい刀。

衣箱の上にそっと置いて、けぶる雨の中へ駆けだした。

最後の考試は斎庭の外、禁苑の東端を流れる神川のほとりに建てられた、霞宮《かすみぐう》なる特別な御殿で執り行われるという。そこには考試に臨《のぞ》む娘たちみなで連れだって向かうらしく、まずは招方殿《しょうほうでん》に集まるようにと命じられていた。

神の名を掲《かか》げるために作られた巨大な建造物は、やんでは降りだす冬の雨に濡れ、灰がかった朱をまとっている。濡れた石段をのぼり、開け放たれた扉のうちを覗《のぞ》けば、神名が刻まれた額《がく》の下に、すでに幾人もが待っていた。

最後の考試に参加を許されたのは、選び抜かれた才ある娘たちだ。綾芽は身の置きどころのない気分になって、扉の前で踵《きびす》を返し、ちょうど雨の収まった招方殿の庭園に歩みを進めた。

いつもは休憩中の女官で賑《にぎ》わっている裏手の小さな池には、雨のせいかひとつの人影もない。いやひとりだけ、池の汀《みぎわ》にしゃがみこんでいるのが見える。

若い娘だ。考試に参加する者だろうか。魚に餌でもやっているのか水面《みなも》に手を伸ばしていた。垣間《かいま》見える横顔は青白い。なんだか思いつめているようで――

驚きが口の端から転がりでた。

「……真白《ましろ》？」

池の縁《へり》にしゃがみこんでいるのは義理の妹、真白ではないか。

「どうしてこんなところに」

思わず歩み寄ると、真白ははっと振り返る。

「お姉さま……」

頬が一瞬強《こわ》ばった。落胆したような、なにかを疑うような。

しかし浮かんだ表情をすぐにかき消して、いつもの微笑みで駆け寄ってくる。

「お姉さまこそどうしてこんなところに？　いえ、わかっておりますよ。考試に残られたのでしょう？　おめでとうございます、きっと那緒《なお》さんも喜んでくださいますよ」

「ありがとう」と返しつつも綾芽は眉を寄せた。「だけどあなたは、ここでなにをしてるんだ。まさか、やっぱり人定めの儀に参加しているってわけでもないんだろう？」

「実は、そのまさかなのです」

真白は池に目をやりはにかんだ。美しい、大きな亀が池の中ほどへ泳ぎ去っていく。

「わたしもなんとか今日まで残れたのですよ。それでこの場に」

「……本当か」

まずは感嘆がこみあげる。この妹は、入庭わずか半年あまりで、最後の考試まで勝ち抜いたのか。やはり期待をかけられるだけのことはあったのだ。

だがその感嘆は、すぐに疑問に覆《おお》い尽くされた。

「どうして急に参加する気になったんだ。すでに二藍さまにお仕えしているから、興味がないって言ってたじゃないか」

あんなに晴れやかに、満たされたように。

「それは」

と真白は言いよどんだ。微笑みは強ばり、顔色もひときわ白くなる。

その白さを目にしたとたん、心に燻《くすぶ》っていた不安が再び燃えさかったのを、綾芽ははっきりと感じた。

昨日、弓を引きながらずっと考えていたのだ。

二藍に目をかけられていると得意げに話していたという付け火の娘。

態度の変わった黍《きび》の娘。

そして、二藍に密命を授けられていると頬をほころばせていた妹。三者のふるまいは、どことなく似ていないだろうか。

そして付け火をした娘の言う『二藍』は偽者で、娘は利用されて殺された。であれば黍の娘も、真白の言う『二藍』も――

「……なあ真白」

綾芽は息を呑んで尋ねかけた。

「あなたは本当に、確かに二藍さまにお仕えしているのか？」

あからさまに過ぎる問いかけに、真白はしばし絶句した。

と思えばむっと眉をひそめる。

「疑うのですか？　お姉さまは喜んでくれるはずと信じておりましたのに」

「真実だったらもちろん喜ぶよ。だけど――」

「まさかお姉さまは、わたしが選ばれたのが嘘であってほしいのですか？　なにもかもを分かち合ってきた姉妹の栄達を喜ばず、それどころか嫉妬なさっておいでなのですか」

綾芽は目を見開いた。

「嫉妬？　……姉妹？」

たまらず奥歯を嚙みしめる。そうくるか。なにが、なにもかもを分かち合った姉妹だ。故郷で真白が苦もなく与えられたものを、綾芽はついぞ手にできなかった。なにひとつだ。

「……もうはっきり訊《き》くけど、興味すらなかった人定めの儀に加わったのはなぜだ。そんな必要はないと自分で言っていただろう」

「気が変わりました。力試しをしてみたいのです」

真白はすぐに言いかえす。だがその目はかすかに泳いでいる。綾芽は畳みかけた。

「嘘をついているな」

「嘘ではありません」

「だったらせめて、二藍さまとお近づきの証拠を見せてみろ。そうしたら――」

「どうぞ」

真白は怒りの形相《ぎょうそう》で、綾芽の鼻先に小さな袋を突きつけた。

かぐわしい香りが広がる。

思いも寄らぬその薫香に、綾芽ははっと息を呑んだ。そして鼻先に目をやり青くなった。

真白が突きつけているのは香袋だ。それも、濃紫《こきむらさき》の裂《きれ》であつらえられたもの。

「……これは」

「二藍さまから褒美《ほうび》にいただいたものですよ」怒気を隠さず、真白は綾芽の面前で袋を揺らす。「この濃紫がなにを表すか、お姉さまだってさすがにご存じでは？」

綾芽は声を失った。もちろん知っている。濃紫の色は春宮の証《あかし》。二藍にしか許されぬ色。

だがそれよりなにより綾芽を手ひどく揺さぶったのは、袋から漂う香りだった。

清らかで懐《なつ》かしく、せつない香り。

忘れようもない、これは二藍が手ずから調合した香だ。綾芽が好きだと言ったもの。自分の代わりに贈ってくれた袍に薫《た》きしめてあったもの。

二藍が、心を許した者の前でしかまとわぬもの。

であるならば。

「……ごめん」

綾芽は唇を震わせ、ようやく言った。

親しき者しか聞くことの叶わない香がつまった香袋。それを真白が手にしているのなら、つまりはそういうことなのだ。

「わかってくださるならよいのですよ」

真白は硬い口調で告げると、香袋を懐へと大切そうにしまいこんだ。二藍の香りが去ってゆく。真白の胸に納まってゆく。

「さきほども言ったとおり、人定めの儀に参加すると決めたのは、せっかくの機会なのだから挑戦しようと思いなおしただけのことですよ。上つ御方に目をかけていただくのは光栄ですが、自分の実力なるものを、一度他の娘に交じって冷静に見極めねばなりません」

「そうか」

「それともうひとつ、わたしはお姉さまが考試に臨まれるご様子を見てみたかったのです。自分の目で確かめて、どちらが正しいのかよく考えたかった」

「……正しい？」

「しかし無駄だったような気がいたします」

と綾芽を冷たく一瞥《いちべつ》すると、真白は顔を背《そむ》け、招方殿へと歩きだす。

池の中ほどで、美しい亀がさざなみをたてている。綾芽はなにも言えなかった。


「まずは、よくぞここまで至りました」

内侍司《ないしのつかさ》の女官を引きつれ監督者としてやってきた常子は、ずらりと並んでかしこまった娘たちをまずは称《たた》えた。それから一転、頰を引きしめ言い渡す。

「しかし気を抜きませんように。承知のとおり、最後の考試こそがなにより大切なのです。詳細はこれより向かう霞宮《かすみぐう》にて説明いたします。ついてくるように」

すぐに一行は列をなし、霧雨《きりさめ》が降る中を、常子の乗る牛車《ぎっしゃ》に先導されて歩きだした。娘たちには番号が申し渡されていて、綾芽は最後である五十、真白は偶然にもそのひとつ前だった。ふたりは目を合わせずに笠を被り、簑《みの》をまとい、行列の最後尾を歩いた。

さきをゆく妹の背を眺めながら、綾芽はもやもやと考えていた。

あの香袋は、裂《きれ》といい香りといい、二藍所有のものに違いない。あれだけの品は、いくら二藍の偽者でもおいそれとは用意できないから、下賜《かし》されたという真白は、もはや疑いなく本物の二藍となんらかの繋がりがある。

だが。

なぜなのかわからなくて、喉が塞《ふさ》がれたような心地だった。真白の言うとおり、綾芽は嫉妬しているのか。その醜《みにく》い心が、ありもしない疑念を膨らませているだけなのだろうか。

(まだ引っかかる)

――なにもかもを分かち合ってきた姉妹。

目に映る真白の背中は、故郷にいたときと変わらず華奢《きやしや》だった。

雨は冷たく降りしきる。考査へ臨む一行の列は賢木大路《さかきおおじ》を北へのぼり、禁苑との境となる四位門《しいもん》をくぐった。草原を貫《つらぬ》くぬかるんだ道に足を踏みいれたころ、真白ははじめて振り向いた。

「どこに連れてゆかれるのでしょう」

声はよそよそしいが、不安も滲《にじ》んでいる。

「心配しなくても大丈夫だ」と綾芽は返した。「禁苑には、神招きの才を測るために建てられた、霞宮なる宮殿があるらしい。そこへ向かっている」

綾芽は常子から聞いたことを語った。

「霞宮の中心には天水殿《てんすいでん》という御殿があって、その天水殿で、わたしたちは雨神とちょっとした遊びをするそうだ。神招きの才があるかどうかは、その遊びの中で自然と見極められると聞いた」

「雨神というと……今、まさにこの雨を降らせている神ですか」

真白は空を見あげる。綾芽も笠の下から仰《あお》ぎ見た。厚い雲の向こうから、絶え間なく雨粒が降り注いでいる。

「そうだ。奩《くしげ》の雨神っていう、雨雲を司る神だというよ。夏には荒れ神となって大雨を降らせることもあるけど、今は冬だから力も弱くて穏やかだ。だからもしこちらに粗漏《そろう》があっても、めったなことではお怒りにならない。それで人定めの儀は冬に行われるんだそうだ」

未熟な娘がすこしくらいの失敗をしたとしても、冬の奩の雨神は鷹揚《おうよう》に許してくれる。

「この雨の降りようだと、きっと奩の雨神は今ごろ斎庭《ゆにわ》で、神饌のもてなしをお受けになっているんだろうな」

「もう斎庭におわすのですか？　わたしたちが招くわけではないのですね」

「花将でもない娘が、神を招くことはできないよ。二の妃の高子さまが祭主になってくださっていて、わたしたちが霞宮についたころに、天水殿へ雨神をお送りくださる手はずだそうだ」

「荷運びの女丁《はしため》でいらっしゃるのに、よくご存じなのですね」

掠《かす》れて響いたつぶやきに、よどみなく話していた綾芽は我に返った。

「……招方殿で聞いたんだ」

言い訳するも返事はない。真白は興味を失ったように、前を見据えて歩いている。

なにか言おうと思ったが、結局綾芽は声をかけられなかった。

そのまま黙って歩き続ける。斎庭から遠ざかるにつれ、路《みち》はますますぬかるんでゆく。

夜半から降ったりやんだりの雨に、すっかり土が緩んでいるのだ。

足をとられるばかりの悪路を四半刻も歩き、ようやく神川が見えてきたころにはみな疲れ果てていた。

「橋を渡れば、霞宮はすぐそこです。あとすこし、辛抱《しんぼう》なさい」

常子は雨に濡れるのも構わず牛車をおりて、自ら娘たちを励ました。その声は、冷えた娘たちの心を多少なりとも温めた。冬の雨に濡れた頬を拭《ぬぐ》い、娘たちは神川にかかった神橋《かみばし》を渡りにかかる。

普段の神川は、川床の小石が陽《ひ》の光を受けてきらめく様子がはっきりと見通せる物静かな川だ。しかし昨夜、匳の雨神の訪いが山にまとまった雨を降らせたらしく、ずいぶんと増水している。澄んだ流れはそこにはなく、泥色の濁流がうねりをあげていた。娘たちは手と手を取り合い朱色の橋を渡った。

さらにしばらく南へ進むと、川に臨むように建つ堂宇《どうう》の影が目に入る。それこそ考試の場、霞宮だった。

霞宮の門をくぐるとすぐに、高床の大蔵にも似た、ひときわ立派な殿舎の姿が見えてくる。神との遊びの場となる天水殿だ。その天水殿と白砂《しろすな》の庭を挟んで向かい合った主殿に、一同はまずは入った。雨に濡れた身体を清めて、新しい衣に身を包む。

それから五十人の娘は、主殿の広い土間に整然と立ち並んだ。しばしあって、尚侍《ないしのかみ》としての正式な装束に身を包んだ常子と内侍司《ないしのつかさ》の女官たちが姿を現す。

「これよりこの地で、神招きの才を測る考試を執り行います」

常子は娘たちの前で宣言した。

「考試とは申しますが、これはあくまでその者の生来の質を知るためのものです。神招きの才があろうと、わたくしのように乏《とぼ》しかろうと、それだけで優劣は決まりません。登用されるかどうかは、あなたがたのさまざまな長所と短所を併《あわ》せて判断されます。もし才なしと判じられようと、落胆してはなりませんよ」

常子はみなに釘をさしているが、誰より綾芽に説いているようだった。最後列の端にかしこまっていた綾芽は、わかっていますとうなずく。

そんな綾芽を、真白はじっと見やっている。

「さて、それでは次第を説明いたします。これより行うのは、ちょうど今、この禁苑に雨を恵んでくださっている鏖の雨神をもてなす遊びです。その舞台となりますのは、あちらに見えます天水殿」

と常子は背後を指した。

常子が背にした大きな扉は開け放たれていて、軒廊《こんろう》がまっすぐ伸びている。

その軒廊のさきに天水殿があった。御殿とはいうが窓はなく、入り口も、正面の階《きざはし》のさきにあるひとつだけ。

「あなたがたは、ひとりずつ順に天水殿に入ります」

常子の説明はよどみなく続く。

「入ってすぐの正面には神座が設けてあり、そこに遊びのお相手をしてくださる雨神が坐《いま》しております。御前には供物《くもつ》として、砂金の粒が山と積まれているはずです。あなたがたはまず、その粒をひとつ盗みなさい」

「盗む？」

真白が困惑《こんわく》したようにつぶやいた。

「一度捧《ささ》げた供物は、絶対に取り返してはならないのではなかったのですか?」

確かに真白の言うとおり、一度神に捧げた供物を奪うのは、禁忌《きんき》中の禁忌だ。己のものを奪われた神の怒りはそれほど苛烈《かれつ》なのである。供物を取りあげられたと知ったとたん、手ひどく荒れて、国に恐ろしき災厄をもたらす。

綾芽も覚えがある。忘れもしない、さきの春宮の首を記神《きしん》から取りもどしたとき、もうすこしで記神は滅国《めっこく》を宣言しそうだったのだ。

他の娘たちも禁忌に思い至ったのか、主殿のうちはざわついている。

だが常子は、軽く手をあげ娘たちを静かにさせた。

「心配はいりません、この雨神は特別なのです。己《おのれ》の供物をあえて盗ませ、その盗人《ぬすっと》を捕らえるという遊びを好まれる。ゆえに禁忌には当たりません」

もともとは、止雨《しう》のために編みだされた手法だという。

供物である金の粒は、雨粒に見立てられている。人がその金——つまりは雨粒を盗んで隠れると、雨神は取り返そうと探しに来る。見つかったところで粒を返せば、それは『雨粒を返した』、すなわち雨をいらないものとして返上したとみなされ、雨がやむ。そんな理屈である。

「金の粒を盗んだら、それを携《たずさ》え天水殿のうちで身をひそめなさい。天水殿のうちは、いくつもの壁代《かべしろ》や几帳《きちょう》で室《へや》を区切り、ゆきどまりをつくり、また蓋《ふた》のない大櫃《おおびつ》も置いてありますから、隠れる場所はいくらでもございますよ」

そうして隠れていると、雨神が探しに来る。

「肩を叩かれたら、すぐに金をお返しするように。そうして天水殿から出るのです。それでその者の考試は終わりとなります」

常子が説明を終えると、娘たちはまた落ち着かなくなった。

「質問があれば答えますよ」

「それではお尋ねします、尚侍《ないしのかみ》さま。盗んでも禁忌に当たらないとのことですが、まことでしょうか？　万が一、雨神が供物を奪われたことに怒り、荒れ神となったらどうしたらよいですか」

娘のひとりが尋ねると、常子はすらすらと答えた。

「案じずともよいですよ。次第を守っていれば、雨神はけっして荒れません。今までこの遊びで荒れたこともございません。他に問いたい者はありますか」

「つまりはわたしたちは、神と隠れ鬼の遊びをするのですね」

「そうなりますね」

「その遊びで、どのように神招きの才が測られるのです」

「今申したとおり、雨神は金の粒を盗んだ者を捕らえます。その捕らえるまでにかかる時間が、神招きの才の大小を表すのです。才に溢れる者ほど長く隠れていられるのですよ」

「才がないものはどうなりますか」

「まったく才がなければ、そもそも金の粒を盗むことができません。砂金の山に手を伸ばしたところで、雨神に阻《はば》まれるでしょう」

もし、と常子は綾芽のほうをちらと見た。

「なんらかの理由で、祭主に値《あたい》しないと神に拒《こば》まれる場合も同じです。そもそも砂金の粒を盗めません。逆に申せば、盗めたのなら、すくなくとも神招きを行う資質はある」

綾芽は、ひそかに息を呑みこんだ。

（つまり砂金の粒を盗めさえすれば、わたしは神招きができるということか）

神招きさえできるのならば、二藍のそばにいられなくとも、二藍のために春宮妃の責務は果たせる。自分が綾芽の未来をとざしてしまったと、二藍が責任を感じずにすむ。

汗ばんだ両手を組んで、心の中で祈る。

どうか雨神よ、わたしを拒まないでくれ。

わたしのために、やさしいあのひとのために。

「それではさっそく、始めることといたしましょう」

いよいよ常子は最初の娘を呼んで、掌《てのひら》に載るほどの小さな袋を渡した。盗んだ金の粒はその袋にしまい、神に捕まったら袋ごとお返しするのだという。

娘は首に袋をかけると、緊張の面持《おもも》ちで出ていった。軒廊をまっすぐに歩み、天水殿の階《きざはし》の前で立ちどまる。拝礼したのち進みでた。階をのぼり、おそるおそるといった様子で扉をくぐる。御殿に窓はないから、娘の姿が扉の向こうに消えればもう、なんの様子も窺《うかが》えない。

とうとう考試が始まった。

ひとりが戻れば、入れ替わりにひとりが天水殿へ向かう。扉のさきへ消えて、やがて帰ってくる。主殿では娘たちが自分の番を待ちながら、さきに行った娘が戻る様子を身じろぎもせず見守っている。

娘たちが戻ってくるさまは千差万別だった。入ってすぐに扉から出てくる娘は、神招きの才があまりない。落胆して主殿に戻ってくるが、もともとはじめの考試の成績がよかったり、特技で見どころがあったりした娘ばかりだから、女官としての栄達の道もあるだろうと常子や内侍司《ないしのつかさ》の女官に慰《なぐさ》められると、見違えたようにしゃんとする。

一方、なかなか出てこないのは、神招きの才があった娘だった。

なかには、息をつめて待ち続けるのが苦しくなるほど長い刻《とき》が経ってから姿を現す者もいる。

「優れた神招きの才がある者もいくらかいるようですね」

半分くらいの娘が考試を終えたころ、順番を待つ娘たちのあいだを歩き回っていた常子が、さも考試に参加する娘のひとりに話しかけるような体《てい》で綾芽に声をかけた。

綾芽はすこし頬を緩めた。

「よいことです。妃宮《きさきみや》をお支えする者は多いほどよいでしょう」

鮎名が激務なのはよく知っている。支える娘が増えるのは純粋に嬉しい。

「そのとおりです」と常子はにこりとする。「妃宮や春宮妃をお支えできる者が、この考試から新たに生まれればわたくしも嬉しく思いますよ」

常子はあえて『春宮妃』と付け加えた。鮎名と並び称されるのが申し訳なくて綾芽はうつむく。

鮎名のようにはなれない。綾芽はきっと、いつまでたっても追いつけない。

またひとり、娘が天水殿から戻ってきて、迎えるために常子は立ち去った。再び出番を待つ綾芽はふと、隣の真白に目をやった。

真白は黙りこくっている。なめらかな頬からは血色が失せている。

自分の考試に集中しなくてはと思いつつ、綾芽は妹の様子が気になって仕方なかった。やはりどこかおかしい。こんなにも喋《しゃべ》らない真白は見たことがない。かつての真白は、綾芽を見つけるとすぐ駆け寄ってきて、はしゃいだように声をかけてきたものだった。

ねえお姉さま、わたし文字が読めるようになったのですよ。お姉さま、お父さまがわたしを采女《うねめ》に推《お》してくださるのですって。お姉さまは那緒さんとなにをしているのですか？　お姉さま、お姉さま――。

「お姉さまは、尚侍《ないしのかみ》さまとお知り合いなのですか？」

とうとう次は真白の番となったとき、真白は唐突に尋ねてきた。

「……いや。なぜそう思ったんだ」

「なんだかお親しく見えました」

「まさか。わたしは入庭の経緯《いきさつ》がややこしいから、お目にかかったことは幾度かあるよ。でも常子さまは女官の長、上つ御方のおひとりだ。わたしなんかと親しくなさるわけがないだろう」

「そうですか」

答える真白の声は硬い。嘘が見破られたかと思った綾芽だが、真白は心ここにあらずというように床を見つめている。

綾芽は両手に力を入れた。心を決めて、口をひらいた。

「なあ真白」

「なんでしょう」

「心配ごとがあるのなら言ってくれ。わたしは聞くよ」

真白の青白く冷えた頰に、さっと朱が走る。問われたくないものを問われた——そんな表情だった。

と思えば真白は急に食ってかかってきた。

「心配ごととはなんです。わたしに心配ごとがあるように見えますか？　まさかお姉さまは、まだわたしが嘘をついているとお考えなのですか？」

「いや、そうじゃなくて——」

「いくらわたしがうらやましいからって、やめてください！」

声はひそめていたものの、そばにいた娘や、霞宮を守っている衛士がなにごとかと振り返る。いっさい気にもとめず、真白は両手を握りしめて大きな瞳を歪《ゆが》めた。

「わたしは努力してきたのです。努力して、みなの期待に応《こた》えるためにがんばってきた。それが今、正当に評価されてなにが悪いのですか！　ようやく得たものを、わたしはまたしても掠《かす》めとられるのですか」

「……どういう意味だ」

掠めとる？　なにを掠めとるというのだ。

「わからなくて結構です。わたしの気持ちなんて、お姉さまには絶対にわかりっこありません」

真白の怒りの瞳には涙が滲《にじ》んでいる。

綾芽は、なにを言えばいいのかわからなくなった。真白はなぜ急に、こんなに怒りはじめたのだろう。掠めとるとはなんのことだ。うらやましかったのは綾芽のほうだ。みなに期待されて、大切に育てられる真白を見るのは苦しかった。いやそうじゃない、そうではなくて――

「掃司《かもりのつかさ》の真白、前へ」

内侍司《ないしのつかさ》の女官が真白を呼ぶ。真白は「ただいま」と優雅に答え、口を引き結ぶと、うろたえる綾芽に涙で潤《うる》んだ鋭い目を向けた。

「よく見ていてください、お姉さま。わたしは誰より長く雨神から隠れ続けます。二藍さまは、わたしに神招きの才があると仰《おつしや》った。だからこそわたしに、御自《おんみずか》ら密命を授けてくださったのです」

綾芽は混乱したまま、真白の言葉を反芻した。

(二藍が、真白に神招きの才があると言った)

やはりなにかを見落としている気がする。いったいなんだ。だめだ、集中しなければ。綾芽だって考試の番が迫っている。神が砂金を盗ませてくれなかったらどうしたらいい。わたしが使い物にならないと知ったら、二藍は真白を――

真白が袋を首にかけて出ていくと、残るは綾芽だけになった。常子は再び綾芽のもとを訪れる。

「あなたの順番は、わたくしのほうで最後にさせていただきましたよ」

綾芽が焦燥《しょうそう》を滲ませているのは緊張ゆえと考えたのか、常子はやわらかに言った。

「あなたが元来の力を発揮すれば、きっといつまでも雨神から隠れていられるでしょう、かつての鮎名のように。そうなれば騒ぎになりますから、最後がよいかと――綾芽？どうしました、大丈夫ですか」

覗きこまれて、綾芽はようやく口をひらいた。

「常子さま、わたしのひとつ前の娘――真白が、わたしの義理の妹とはご存じですか」

綾芽の声が掠れているので常子は驚いたようだったが、すこし黙ってから、「ええ」とうなずいた。

「朱野《あけの》の邦《くに》は角崎《つのさき》の里とは、あなたのご出身の地ですものね。まさか妹御《いもうとご》は、あなたが生きていらっしゃったと今日まで知らなかったのですか？」

「いいえ、すこし前に再会していました。そうではなく……お尋ねしたいことが」

「なんでしょう」

一瞬言いよどんでから、綾芽は尋ねた。

「二藍さまはあの妹――真白について、なにか仰っていましたか？」

「あの娘について？　いいえ」

と常子は首を傾《かし》げる。「なぜです」

綾芽は口をあけてはとじた。心臓が激しく音を立てはじめる。

「綾芽？」

「……これは二の宮のための娘を選ぶ考試ですから、二藍さまが特別目をかけられている者が黙って参ずれば、二の宮への非礼に当たるかもしれない、二藍さまはそのようにお考えかと思いました。ゆえに、もし目をかけた娘が参加を希望するのならば、その旨《むね》を常子さまにお伝えすると考えたのですが」

常子は数度瞬《まばた》いた。

「そのとおりです。二藍さまは二の宮に誠実であろうとしていらっしゃる。目をおかけになっているのとは違うようですが、幾人か見知り置きの娘が参加したいと申していると、事前にお知らせいただきましたよ。残念ながらみな、この霞宮には至りませんでしたが」

「であれば、真白についてもお耳にされていますでしょう？」

「それはどういう意味です？　あなたの妹御は、二藍さまにお目通りしたことがあるのですか？」

「……違うのですか」

「わたくしはなにも聞いておりません」

綾芽と常子は目を見合わせた。

互いの顔から血の気《け》が引いてゆくのがわかる。

「あの子は……真白は、二藍さまに密命を授けられているって……」

引いた血が一気に戻ってきて、顔がかっと熱くなる。

「まさかあの子は――」

そのときだった。

天水殿から悲鳴が響いた。雨の帳《とばり》を隔《へだ》てていてもはっきりと聞こえる。

真白の声だ。

命の危機に瀕《ひん》した、切羽《せっぱ》詰まった叫び声。

そして悲鳴と同時に地鳴りのごときすさまじい音が轟《とどろ》いて、景色は一気に白《しら》んだ。雨だ。

激しい雨が落ちてきて、霞宮の屋根という屋根を激しく叩いている。

尋常《じんじょう》ではない。この雨は、穏やかなる神が降らせるものではない。

とすれば答えはひとつ。

真白と対峙している雨神は、怒りくるっている。

「わたしがゆきます！」

駆けだしかけた綾芽の腕を、「お待ちください」と常子が引き留める。綾芽は振りきろうとした。

「お放しください常子さま！」

だが常子はけっして放さず、

「許可します、ですからこれを」

と懐から何物かをさしだした。綾芽は目をひらく。

それは、置いてきたはずの短刀だった。

「なにかあったとき、あなたがご自分を守れるようにと二藍さまが」

その美しい拵《こしら》えの短刀を握りしめるや、今度こそ綾芽は駆けだした。怯《おび》えた娘たちとぶつかりそうになりながら、外へ飛びだす。

恐ろしいほどの勢いの雨が降り注いでいる。軒廊《こんろう》を走ろうにも、屋根などものともせずしぶいてくるから滝に打たれているかのようだ。ほんのすこしさきすら見渡せない。耳には雨音以外聞こえない。

それでもひるまず濡れた軒廊を蹴り、雨に浮かびあがった天水殿の階《きざはし》を駆けあがる。

またもや悲鳴が豪雨の音を切り裂く。

（真白！）

息せき切って、天水殿唯一の扉を押しひらこうとした。だが扉は驚くほどに重い。ほっそりした娘ですら簡単に動かせていたのに、今は大岩のごとく微動だにしない。加勢に駆けつけた衛士たちと数人がかりで腕をつっぱり、体重をかけ、足を踏んばれば、ようやく綾芽ひとりが通れるほどの細い隙間《すきま》がひらいた。そこへ前のめりに転がりこむ。

真白はどこだ。いったいなにがあったのだ。

入ってすぐの正面には、神の座す御帳台《みちようだい》があるはずだが――

綾芽は呆気《あつけ》にとられた。確かにそこには神がいる。顔から神光《しんこう》を放つ、隆々《りゆうりゆう》とした体躯《たいく》の大男。神光に覆われた目元には黒い布が巻かれている。遊びのための目隠しか。

その神は、怒りくるっていた。

御帳台のまわりに立てられた几帳《きちよう》をなぎたおし、並んだ神饌《しんせん》の盆を腕で払いのけては投げすてる。柿が潰《つぶ》れて飛び散った。放られた八角鏡《はつかくきよう》の破片が供物の砂金にまともに当たり、その山が音を立てて崩れてゆく。

だが大切なはずの砂金すら、神は一顧《いっこ》だにしなかった。ただひたすらに暴れ回り、手当たりしだいにものをひっくり返しては壊してゆく。目隠しされてなにも見えぬまま、なにかを探している。そのなにかを摑みとり、ねじり切り、押しつぶさんとしている。

「誰か！」

暴れる神の足元で悲鳴が聞こえた。白い衣が翻《ひるがえ》る。うつ伏せに倒れた真白が助けを求めている。神が振りおろす拳をすんでのところで避けて、手足をばたつかせている。衣の裾《すそ》が倒れた几帳の台に巻きこまれ、逃げだすことができないのだ。

そして雨神は真白の悲鳴を聞くや、手にした高燈台《たかとうだい》のさきを振りあげる。

神は真白を殺そうとしている。

綾芽はとっさに叫んだ。

「真白、神は目が見えない！　声を出すな！」

だが動転した真白は綾芽の言葉を理解できていない。「お姉さま！　助けて！」と泣き叫んで、両手で空《くう》を掻いている。揺れる袖《そで》に、雨神の指先が引っかかる。雨神はそのまま強引に真白を引き寄せようとする。真白は必死に叫んでもがく。

指のさきだけがかろうじて引っかかっているだけだから、神はなかなか真白を捕らえられない。だがすこしでも足を踏みだせば、次こそ雨神の腕は真白の袖を完璧に捕らえるだろう。そうなれば神は真白を逃がさない。その頭をむんずと摑み、胴から引き抜く。

考えるよりさきに綾芽の足は動いた。両者のあいだに走り寄り、懐に隠していた短刀を抜き放ち、雨神が指を引っかけている真白の袖を断ち切った。

真白も神も、もんどりうって倒れる。綾芽はすぐさま几帳に巻きこまれた真白の裾をも切り離し、転がる真白の手を引いて、無理やりに立ちあがらせた。

「こっちだ、はやく！」

とにかく逃げなければ。だが入ってきた扉はびくともしない。外から衛士たちが懸命に押しあけようとしてくれているのが窺えるのに、無情に綾芽と真白を阻《はば》んでいる。

雨神が再び立ちあがり、こちらへ両手を突きだし歩いてくる。

「お姉さま！」

「大丈夫だ」

真白と自分自身に言い聞かせ、綾芽は荒れ果てた室内をすばやく見回した。壁を覆うようにかけられた壁代《かべしろ》の布と壁のあいだに隙間がある。とにかく隠れてやりすごすのだ。

綾芽は壁代の裏に真白を押しこむと、自分も転がりこんだ。

手足を折りたたんで座り、真白の口を塞《ふさ》いで息をひそめる。神は足音を聞きつけたのか、こちらを目指して大股で歩んでくる。

綾芽たちの目の前で、神の足音がとまった。両手を左右に振って真白を探している。壁代に触れられたら最後、たちまち気づかれてしまうだろう。綾芽は震える真白を抱きしめて、必死に息をひそめた。

神は真白を探し続けている。黒い布に覆われた顔が、壁代の隙間に向けられる。腕がぐいと伸びてきて――

綾芽はとっさに落ちていた栗を拾いあげ、神の背後目がけて投げつけた。雨神の脇を鋭く抜けていった栗は、派手な音を立てて床を転がる。神ははたとしたように振り向いた。

思惑《おもわく》どおりに神が背を向け遠ざかっていってから、綾芽は深く息を吐きだすと、真白の手を引いた。今のうちに、もっと確実なところへ隠れなおさなくては。忍び足で室《へや》を横切り、端に置かれた大櫃《おおびつ》の中へ身を隠す。神は扉のあたりを彷徨《さまよ》っている。綾芽たちがどこへいったか、まだ気がついていない。

ようやく力を抜いて、髪や衣から滴《したた》る冷たい水を絞る。それから真白へ目を向けた。

「お、お姉さま、わたし……」

「なにがあったんだ」

震える真白を覗きこみ、綾芽は声をひそめて問いただした。

「あれはどう見ても荒れ神だ。雨神は怒り、国に災厄を招く荒ぶる神と化してる」

そんなことになるはずはなかった。これは単なる「遊び」だったのだ。事実真白の番までは、なにごともなく考試は進行していた。

であれば真白が、雨神を荒れ神に変えてしまったのだ。どうして、どうやって。

「わかりません」と答える真白の唇は青かった。「わたしにはなにが起こったのか、なにも、わからないのです」

嘘をついている様子はない。真白は動転している。

「ひとつひとつ思い出すんだ。あなたが天水殿に入ったときは、神はまだ穏やかでおわしたんだろう」

「そうです。両目をお隠しになって、神座にいらっしゃった。それでわたしは言われたとおり、供物の砂金の粒をひとついただき、この袋にしまって、几帳の陰に隠れたのです」

と真白は胸にかけたままの砂金の入った袋を握りしめた。

「雨神はわたしを探されはじめました。やがて隠れているわたしの前においでになって、肩を叩かれたのです。それで次第どおり、砂金を袋ごとお返ししようとさしだして」

なのに、と真白の声に涙が混じる。

「この袋に触れたとたん、神は突然豹変《ひょうへん》されたのです。袋をお受けとりにならず、突然そばの几帳を押し倒し、その几帳でわたしを打ちすえようとして……」

「それであなたは逃げ回った」

「はい」

――どういうことだ。

考えながら、綾芽は大櫃の外を窺った。神は今も真白を探している。手当たりしだいにものを打ち壊し、隠れる場所をなくしている。絶対に逃す気はないのだ。扉があれだけ重いのも、その表れに違いない。

(だけど逃げださなければ真白は殺される。神が扉からすこしでも離れたら、もう一度外に出られるか試さないと)

さいわい外には常子がいるから、今このときも扉の前で策を講じてくれているはずだ。次こそひらく。ひらかせる。

その機会を逃さないように見張りながら考え続ける。

なぜ急に雨神は荒れたのか。真白の話が真実とすれば、真白はこの遊びの決まりを破ったわけではない。なぜなら神がおかしくなったのは、遊びが終わったそのあと、砂金の粒を手に取ろうとした瞬間だ。

(となると、なにかしら真白自身に原因があるのか)

手順の間違いなどではなく、真白そのものに因《よ》るなにかに、雨神は激怒しているのだ。

「正直に言ってくれ。心当たりはないのか」

「……ございません」

答えるまでに少々間があった。綾芽は睨むように妹を見据えて繰りかえす。

「ちゃんと言うんだ。こうなっては隠しごとはかえって事態を悪くする」

真白は唇を噛みしめて、やがてぽつりと、泣きそうな声を漏らした。

「お姉さまは、なんなのです」

「……なんだって?」

「お姉さまだって隠しごとをなさってる。いったいお姉さまは、本当はどういう立場の御方なのです。常子さまとお親しく、祭礼についても詳しくて、こんなことになっても落ち着いておられる。そんなの、ただの女丁《はしため》ではないでしょう!」

「真白、今は――」

「わたしの質問に答えてください。本当はお姉さまこそ、本物の二藍さまとお知り合いなのでしょう? それどころか――」

真白は必死だった。綾芽の袖を握りしめてにじりよる。

「――みなが噂する『綾の君』とは、お姉さまのことなのでしょう?」

綾芽は動きをとめた。視界の端では雨神が暴れ回っている。叩きつける雨音はやまない。だが綾芽と真白のあいだだけは、ひたと静まりかえっている。

綾芽は短く息を吸いこんだ。

「そうだ」

目を合わせたまま、覚悟をもって口にする。

「わたしはあの御方の春宮妃だ。その祭祀をお支えする者で、隣に立つ者でもある」

真白の頬から血の気が引いてゆく。

「……やっぱりそうなんだわ」

見開いた目から涙をこぼし、ふらふらと左右へ揺れる。

「だったら二藍さまが、綾芽という名を知らないわけがないんだわ。お姉さまの名を聞いて知らぬふりをされるわけは……」

その絶望の声を聞き、綾芽はずっと抱いていた違和感の正体にようやく気がついた。

「真白」と妹の肩を抱いて問いかける。訊きたくない。だが訊かないわけにはいかない。

「正直に答えてほしいんだ。あなたが会っているという二藍さまは、目を隠していらっしゃったか」

「いいえ」と真白はむせび泣いた。「美しい黒曜石のような両の目でわたしをご覧になり、よく働いていると褒めてくださいました」

「それは……」

恐れていた不安が現実のものになって、なにより妹があまりに哀れで、綾芽の胸は引き絞られた。

「……それは二藍じゃない」

二藍はもはや誰とも目を合わせられない。『白羽《しらは》の矢』が、美しい黒曜石の瞳を奪ってしまった。ゆえに真白の言う『二藍』は、二藍ではありえない。

こんなむごい真実は告げたくなかった。

真白は信じていたのだ。自分が見いだされ、評価されたと。認めてもらえたのだと。

「泣かないで、落ち着いて」涙を流し続ける妹の背を懸命に支える。「その二藍を装った男は、あなたにお役目を与えていたんだろう？　いったいなにを――」

そのとき、外から聞こえる雨音が急に大きくなった。

「綾芽！　おりますか！」

綾芽ははっと目をあげた。扉がわずかにひらいている。そこから常子の声がする。今なら外へ出られるかもしれない。

(雨神はどこだ)

振り返れば、扉に背を向け、御帳台の残骸を荒らし回っている。

こちらにはまだ気がついていない。ならばゆける。ここを脱せる。

「真白、立つんだ」

「放っておいてください、わたしなんて——」

「いいから立て!」

無理やり大櫃から押しだすも、真白は瞳の焦点が合っていない。そうしているうちに雨神が物音に気がつき振り向いた。両手を突きだし、脇目も振らずに向かってくる。

させじと綾芽は大櫃から飛びだし、妹の手を摑んで駆けだした。衛士たちが渾身《こんしん》の力をこめて、扉を人ひとり通れるくらいひらいてくれている。合間から常子が腕を伸ばしている。

「はやく! 追いつかれます!」

背後に足音が迫る。このままでは間に合わない。綾芽は真白の腕を握りしめ、自分の身体を軸にしてぐるりと前へ放りだした。勢いあまって扉にぶつかりそうになった真白を、常子と衛士が摑んで外へと引きずりだす。

妹が抜けだせたと認めるや、綾芽は両足を踏みしめ神へと対峙した。

殺そうとしていた真白がいなくなったのに、雨神の怒りは収まらない。折れた御帳台の柱を拾うと、綾芽の頭をかち割らんと振りおろす。

綾芽は転がり間一髪のところでよけながら、床に落ちていた土器《かわらけ》の盃を拾って明後日《あさって》の方向へ投げすてた。盃が割れる音が響く。これで居場所がごまかせる――と思いきや、神はもう騙《だま》されなかった。柱を縦横《じゅうおう》に振るって綾芽を壁際《かべぎわ》に追いつめ、首をへし折ろうと腕を突きだしてくる。

「綾芽！　身代わりを投げなさい！」

扉の隙間から常子が叫んだ。

身代わり。

綾芽は必死に考えた。身代わりとは、綾芽の代わりになるもの。代わりとして神が認めてくれるもの。

つまりは――綾芽が自分の心そのもののように、大切にしているもの。

（これか）

懐に手をさしこむ。指先に、二藍が贈ってくれた短刀の柄《つか》が当たる。大事なもの。何度も綾芽の命を救ってくれた、心のよりどころにしてきたもの。

わずかな躊躇《ちゅうちょ》を振りはらって、綾芽は短刀を鞘《さや》から抜き放った。抜き身のそれを振りかぶり、思いきり遠くへ投げつける。

刃が床に当たったとたん、今度こそ雨神はそちらを向いた。短刀に気をとられた。その隙に扉に走る。衛士たちが懸命に支えているが、刻々と扉はとじてゆく。身体をひねり、くぐり抜けようとする。伸ばした腕を常子が握りしめ、必死の形相で引き寄せる。

綾芽は常子と一緒になって、外に転がりでた。

「綾芽、よかった」

激しい雨に打たれながらも、常子は綾芽を抱きしめる。それから息を吸い、頰を引きしめ綾芽を見つめた。

「なにがあったのか、教えてくださいませ」


荒れた雨神が引き起こした豪雨は尋常ではなかった。

叩きつけるような雨粒に、あっというまに周囲は沼のようになってゆく。軒廊の床の上を水が急流のごとく流れて足がとられそうになる。綾芽たちは柱を握りしめ、ようやく主殿に戻った。

主殿のうちにも、溢れた水が容赦なく入りこんでいる。娘たちは怯えたように右往左往《うおうさおう》しているばかりだ。

「水が入りこまないように土嚢《どのう》を積みなさい！」

冬の凍《こご》える雨に濡れそぼった身の寒さに震えながらも、常子は指示をだす。それから綾芽と真白を連れて、脇の小さな室《へや》へと入った。綾芽たちはすぐに濡れた衣を脱ぎ、黒髪から滴り落ちる水滴を絞る。乾いた衣を幾重《いくえ》にもまとい火桶《ひおけ》にあたると、がちがちと音を立てていた歯の根もようやく静かになった。

それから綾芽は、なにがあったかを話した。

「あの娘が砂金の粒を返したとたん神は荒れた、と。困ったことになりましたね」

詳細を聞いた常子は、眉根を寄せて真白を見やる。真白は室の隅に座りこみ、呆然と火桶を見つめている。

「二藍さまを騙《かた》る者も、密命とやらも気になりますが……しかし今はまず、雨神を鎮《しず》めてこの雨をとめねばなりません」

と険《けわ》しい視線を格子窓《こうしまど》の外へと向けた。

「雨がやまねば大変なことになります。神川は氾濫《はんらん》し、羽京の東側は出水に呑まれるでしょう。この霞宮も孤立して、最悪の場合は跡形もなく流されます」

そんなことになれば大災厄だ。洪水が起これば大勢の民《たみ》が死ぬ。そればかりか綾芽自身も濁流に呑まれる。

「どうすればよいのです」

「今すぐ斎庭《ゆにわ》に知らせを届けます。高花のおん方に神を斎庭に呼び戻し、鎮めていただかねばなりません」

常子は言いながら手早く文をしたためて、控えていた衛士に斎庭へ届けるように命じた。

「無事知らせは届くでしょうか」

走り去った衛士の足音をたちまちかき消した雨音に綾芽が眉を寄せると、「ご案じなさいませんように」と常子はかすかな笑みを浮かべる。

「もし届かなかったとしても、妃宮や高花のおん方が、この豪雨の理由に気がつかないわけがございません。それどころかおふたりともすでに、雨神に異変が起こったと悟って動いていらっしゃるはずです。すぐに斎庭に呼び戻して鎮めてくださるでしょう」

迷いもなく言い切った。常子が言うならそのとおりなのだ。

ならばよかった、と綾芽はまずは安堵した。今すぐ斎庭に呼び戻して鎮めてくれるのならば、最悪の事態は防げる。

しかし常子がそう言っていくばくも経たないうちに、

「大変です！」

室の外から、さきほど遣《つか》いに出たばかりの衛士の切迫した声が響いた。はっと綾芽と常子は立ちあがり、広間へ出る。扉の前で、身体中から水を滴らせた衛士が膝《ひざ》に手をつき、大きく胸を上下させている。娘たちが、息を殺してその姿を見つめていた。

「なにがありました」

常子が動揺する娘たちをかきわけ歩み寄ると、衛士は肩で息をしながら声を張った。

「ご報告いたします！　神橋が流されました！」

「……流された？」

常子は愕然《がくぜん》と繰りかえした。はい、と顎から水を滴らせ、衛士は言う。

「神川の水位が思いも寄らぬほどあがっております。このまま雨が降り続ければ橋どころか河岸までも押し流されて、この御殿ともども我らは濁流に呑まれます！」

娘たちから悲鳴があがる。常子は口を引き結び、別の衛士を呼びだしてすぐさま問いただした。

「雨神は、斎庭に戻りましたか？」

「まったく戻る気配はございません。いまだ天水殿に留まっておられます。それどころか、ますますひどく荒れておられる」

雨の勢いもおとろえるどころか、さらに激しくなっている。

どうする、と常子と綾芽は視線を交わした。神橋が落ちたのなら、斎庭に知らせは届けられない。逃げ道すら塞がれた。

頼みの綱《つな》は、斎庭の人々がこの状況を悟って雨神を呼び戻してくれることだけだが。

「高子さまは、いまだ雨神が荒れたとお気づきになっていないのでしょうか」

「まさか。必ず呼び戻そうとしているはずです」

「だとすると――」

「ええ。呼び戻さないのではなく、呼び戻せないのでしょう。どれだけ請《こ》おうと、荒れくるった雨神はあの場を離れようとしないのです。であれば」

常子は意を決したように綾芽に向き直った。

「綾芽、あなたがお鎮めになるしかございません」

虚を衝《つ》かれた綾芽に、常子は決然と繰りかえす。

「あれほどの荒れ神を鎮める力のある者は、この場にあなたしかおりません。今すぐ雨をとめねば、わたくしどもは泥に沈みます。どうか神を鎮められませ」

「……そうしたいのはやまやまです。ですが」

と綾芽はじりじりと後じさる。

「わたしは神毒《しんどく》に侵《おか》されていて、兜坂《とさか》の神が祭祀を受けいれてくれるかどうかも判じられていないのです」

「為《な》せますよ、さきほど天水殿でうまく雨神をあしらったでしょう」

「あれは神にとっては遊びのうちです！　荒れ神を鎮めるには、真の神招きの才が必要ではないですか。もし……もし今のわたしにそれがなければ、それどころか拒まれれば、雨神は今以上に荒れてしまう」

拒まれた瞬間に、この場の運命が決まってしまう。逃げる間もなく泥流に呑まれる。

だが常子は退《ひ》かなかった。

「構いません。神があなたを拒絶したのならば、潔《いさぎよ》く諦《あきら》めます」

「しかし！」

「このままではどちらにしろみな川に沈むのですよ。ならば失うものはございません」

「ですが常子さま――」

「綾の君」

常子はかしこまり、はっきりと、春宮妃としての名を呼んだ。

「どうか春宮妃としてお立ちくださいませ。みなのために道を切り拓《ひら》いてくださいませ」

綾芽は口をひらいてはとじる。固唾《かたず》を呑んで見守るみなの前で、常子がどれほどの覚悟をもって『綾の君』と呼びかけて、立つべしと請うたのか、痛いくらいに悟っている。

だが決断をくだせない。どうしたらいい。逃げたくない、鎮めてみなを助けたい。それでも怖い、失敗したらどうする。みな死ぬ。綾芽のせいで死ぬ。

そのとき、つと、あたりを支配する激しい雨の音に別の響きが混じった。

なんだ、とみなが顔をあげ、そして気がつく。

獣の吼《ほ》え声だ。それも近づいてくる。

綾芽は、扉のほうを振り向き、はたと目を見開いた。

狼が駆けてくる。普通の狼より二回りは大きな白い獣だ。

それは主殿に駆けこんでくると、身体を大きく振って雨粒を払い、きょろきょろとその場の者を見回した。かと思えばすぐに綾芽を認めて、牙にふちどられた口を大きくあける。

そして甲高《かんだか》い娘の声で言った。

「言づてを預かってきたわ、綾芽」

第四章　その者、今一度立たんとす

わずかに刻《とき》をさかのぼったころ。

小雨《こさめ》の中、尾長宮《びちょうぐう》で二藍《ふたあい》と相対《あいたい》した鮎名《あゆな》は言葉を失っていた。

「確かに理《ことわり》を突きつめれば、そのように成せる気もするが……」

すべてを救う術《すべ》を見いだした。そう知らせを受けて聞かされたのは、鮎名の想像を絶する方法だった。

「……まことにお前の考えどおりにことは運ぶのか？　その確信があるのか？」

「確信などはございません」

と御簾《みす》向こうから、瞳を布で隠した二藍が落ち着いた声で返す。「ですが物事とはそもそも、必ずこうなると確信をもって為《な》すわけではございませんでしょう」

「それは、そうだが」

「無論頭で考えるばかりでは妄想と大差がありませんから、できるかぎりの手を尽くしました。その結論をもってこうしてお伝えしているのです」

「確信はない。だが荒唐無稽《こうとうむけい》でも、まったくの与太でもない、と」

「はい」

二藍は『白羽《しらは》の矢』を押しつけられてからこの方、ずっと綾芽《あやめ》を救う方法を探していた。しかし既存《きぞん》の手法では、どのような手をとろうと綾芽は救えない。神ゆらぎがその身を投げだすより他はない。そして光明《こうみょう》を見いだせずにいるのは、二藍自身を人にする方法や、国を号令神《ごうれいしん》の脅威《きょうい》から救う方策も同じ。追いつめられた状況を覆《くつがえ》せない。

そう聞いていた。

しかし二藍は今、まったく新たな術を見つけだしたという。そしてそれが果たして実現しうるものかどうか、十櫛《とくし》や羅覇《らは》、文書院《もんじょいん》の女官たちとともに、八杷島《やはじま》と兜坂《とさか》に積み重なった過去の記録を隅から隅までさらい、みなで論じあい、そうして出した答えが、『道理は通っている』だった。

鮎名は、二藍が語った手順を、頭の中で何度も反芻《はんすう》した。

二藍の編みだした策は、あまりに信じがたいものだった。信じがたいうえに、退路をすっぱりと断っている。どこかで失敗すれば一巻の終わり。

そしてなによりも、成功するために欠いてはならぬものが欠けている。

（だが確かに、理屈は通っている）

そしてそれこそが、二藍の奇策を一笑《いっしょう》に付《ふ》せない理由であった。

二藍の言ったとおり、玉盤神《ぎょくばんしん》の厳格な理には、けっしてひびは入らない。覆せない。だが理が自《みずか》らひびをつくりだすよう、人がお膳立てすることは不可能ではない。

そしてもし本当にひびを入れられたならば。

号令神が訪れ滅国《めっこく》の神命《しんめい》を下す――その絶対の理さえも覆る。

その事実は重かった。

鮎名は慎重に口をひらいた。

「あいわかった。だが、お前の策が必ず成功するとは言いがたい。ゆえに試してみろとは到底言えない。すくなくともわたしごときに可否を判じられれはしない。お前の選択如何《いかん》で、わたしや斎庭《ゆにわ》ばかりでなく、国のさだめすら決まってしまう。これは大君《おおきみ》に直々《じきじき》にお許しをいただくべき事柄だ」

「承知しております」

「だが」と鮎名は決意を込めて続けた。「その刻《とき》が来たと思ったならば、迷わず試せ。あとの責めはわたしが引き受ける」

きっと、大君も同じように言うだろう。その刻が来たら為せ。あとは我らがいかようにもするゆえ、心配するな、と。そう言い切るだけの胆力《たんりょく》がある男だ。だからこそ鮎名は、己《おの》が背《せ》の君《きみ》を心より慕《した》っている。

しかし、鮎名自身の決意もここで伝えておきたかった。いつ『その刻』が来るかは誰にもわからない。いざというとき二藍が迷わないよう、すこしでも後押ししてやりたい。

（もっともこの男は、もう迷わぬだろうが）

二藍の瞳は隠されているが、どんな目をしているのかははっきりとわかる。

「そう仰《おつしや》ってくれると思っておりました。まことと、お仕《つか》えするにふさわしい御方だ」

二藍は口の端《は》に笑みをのぼせた。

「こんなときだけ褒《ほ》めてもなにも出ないからな」

「いつでも敬愛いたしておりますよ」

よく言うものだと笑ってから、鮎名はふと外に目をやった。

急に雨音が激しくなった気がする。

身を乗りだし、錯覚でないと悟って、鮎名の頰から笑みが消えた。

「……おかしいな。人定めの儀に呼んだ雨神は、この時季これほど激しい雨を降らせはしないのではなかったか」

と言っているうちにますます雨が強くなり、声を聞きとるにも難儀するくらいになった。

あまりの雨に鮎名は御簾《みす》を持ちあげる。尾長宮の庭は容赦なく叩きつける雨に白《しら》んでいる。

「失礼します」と二藍も、目隠しをとって外の様子を確認した。赤い瞳が険《けわ》しく細まる。

「これは……よくないことになりました」

鮎名もうなずいた。

「雨神が荒れたな」

人定めの儀で、なにごとかがあったのだ。

まず脳裏をよぎったのは、物申《ものもうし》の力を失った二藍の妃《きさき》のことだった。

「……雨神は、綾芽を受けいれなかったのか？　ゆえに荒れたのか」

神毒《しんどく》を抱《かか》えた綾芽を拒絶したのだろうか。

「わたしはそうとは思いませぬ。しかしとにかく今は、霞宮《かすみぐう》から雨神を疾《と》く呼び戻して斎庭で鎮《しず》めるべきかと」

「そうしよう。高子《たかこ》殿はすでに動いていると思うが、念のため遣《つか》いを――」

その言葉を破るように、ずぶ濡れの女官が走りこんできた。

「高花《たかはな》のおん方からのお言づてを申しあげます！　雨神が荒れたと判じ、疾く斎庭に呼び戻そうといたしましたが――できませぬ」

「……できない？」

二藍と鮎名の顔色が変わった。

「ええ、できません。何度呼び戻そうと招神符《しょうしんふ》を焚《た》いても、雨神から応《いら》えはありません。わたくしの呼びかけに耳を傾ける余裕もないほど憤《いきどお》っておられる」

急ぎ尾長宮に参じた高子は、重く濡れた衣《ころも》の露《つゆ》を払いもせずに言った。

「それほどまでに激しく荒れてしまっていると？」

「この雨を見るに間違いございません。このままでは猛雨が続きます」

「それはまずいことになる」

と二藍が、努めて冷静を保とうとしながら口を挟んだ。「今すぐ雨がやまねば、神川《かみがわ》は氾濫《はんらん》するやもしれません。そうなれば羽京《うきょう》の東は水に浸《ひた》ります。禁苑《きんえん》に至っては、東岸はことごとく濁流に呑まれる」

綾芽のいる霞宮が泥水に押し流される。

「そうなる前に、なんとしてでも雨神を鎮めねばなりません」

「しかしいかがいたします。斎庭に呼び戻せねば、鎮めの祭礼も行えません」

「呼び戻せないのなら、こちらから向かうしかない」

鮎名は雨で白む景色を睨《にら》んだ。「馬を走らせ、神川を渡って天水殿《てんすいでん》へ参らねば。高子殿には酷な道行きゆえ、わたしがゆく」

「ですが」

「神川が氾濫すれば、羽京に甚大《じんだい》な被害が出る。災厄を抑えるためにわたしが出るのは、なんらおかしいことではない」

しかしそこへ、またしても「妃宮《きさきみや》！」と伝令の者が飛びこんできた。今度は衛士《えじ》だ。ひどく慌てている。

「申しあげます！　禁苑の、神川にかかる神橋《かみばし》が流されました！」

室《へや》を出ようとしていた鮎名は動きをとめた。

「……二藍、霞宮へ向かうには、必ず神橋を渡らねばならないのだったか」

「はい」と二藍は声を低める。「都のほうから大回りする道もございますが、この雨だと困難でしょう」

そうか、と鮎名の声も沈んだ。

「橋が流されたとあれば、もはや斎庭《ゆにわ》から人がゆくことは叶《かな》わぬ、か」

斎庭から誰かが赴《おもむ》き、荒れ神を鎮めるのは不可能だ。

「ならばどうする。霞宮に神を鎮められる者はいない。神を招けぬ常子《つねこ》や、考試《こうし》に挑む娘たちしかいないのだ」

鮎名も二藍も、高子すらも黙りこんだ。激しい雨音が、今このときも刻々と刻は流れゆくのだと訴えてくる。

しかし。

「いえ、おります」

沈黙を断ち切ったのは、二藍だった。

「綾芽がおります」

二藍は瞳を隠した布の下から、まっすぐに鮎名を仰《あお》ぎ見ている。鮎名は迷った。鮎名とて、その名を思い浮かべなかったわけではない。だが。

「……だがあの娘は、兜坂の神を鎮められるのかわからない。それどころか、綾芽のせいで神が荒れたのやもしれぬ」

しかし二藍はまったく動じず断言した。

「綾芽が荒らしたのではありません」

「なにをもってそう言い切る」

「もし綾芽が雨神を荒らしたのならば、ここまで手ひどく荒れるわけがございません。そうならないうちに手が打てる、災いは最小限に留《とど》められる。綾芽はそのような娘です」

「それは、そうだが」

「つまり荒らしたのは綾芽ではない。であれば霞宮にいる尚侍《ないしのかみ》は、必ずこう決断するはずです。斎庭に神が戻る気配はないのだから、霞宮にいる誰かが神を鎮めるしかない。鎮められるはただひとり、綾芽のみ。ゆえに綾芽が神を鎮めよと」

「ですがその尚侍の決意を、今の綾《あや》の君《きみ》は受けいれられますか?」

鋭く問うたのは高子だった。

「失敗すれば、霞宮にいる者はみな死にます。それどころか都の東半分は流される。あの娘は——春宮《はるのみや》、あなたを殺しかけてしまった衝撃から立ち直れておりませんよ。懸命に足《あ》掻《が》いておりますが、それでもまだ足らないのです」

「であるから、綾芽は目の前の災禍《さいか》から目を背《そむ》けると?」

二藍は怒りを滾《たぎ》らせ問い返した。

「そんなわけはない、そのような卑怯《ひきょう》な真似ができる娘ではない! あなたは今まであの娘のなにを——」

「二藍、そうじゃない」

気色《けしき》ばんだ二藍を、鮎名は押しとどめた。「高子殿は、綾芽が逃げると思っているのではない」

「ならばなんだというのです」

「支えよと言っているんだ。綾芽が兜坂の神に受けいれられるか不安でいるならば、神を鎮める自信を失っているならば、その不安を拭《ぬぐ》い、心を支えるのがお前の役目だろう」

「……できるものならそうしています。ですが今この状況で、どのように力づけてやればよいのか」

「それがさきほど、信じがたい策をわたしに披瀝《ひれき》した男の言葉か？」

と鮎名はあえて笑い飛ばしてみせた。「我らは斎庭に生きる神祇官《じんぎかん》。ならば当然、神招きで助力するに決まっている」

お前がそれに、思い至らないわけがないだろう。

すぐに二藍ははっとした顔をした。と思えば口をきつく引き結び、身から離さず置いていた太刀《たち》をたぐり寄せる。

「妃宮、今この場に神を招いていただけますか」

「よいだろう、どの神だ」

「当然、尚大神《なおのおおかみ》を」

綾芽の親友の御霊《みたま》が神と化したものを。

「供物《くもつ》には――この血を捧《ささ》げます」

言うや二藍は、自分の腕を切り裂いた。

＊

雨音はますます激しさを増している。だが白狼《はくろう》の神はものともせずに、呆気《あっけ》にとられる人々のあいだを抜けて、悠々と綾芽に歩み寄った。

「尚、どうしてここに……」

「言づてを預かってきたって言ってるでしょう？」

生前となんら変わらない、この場にそぐわぬ明るい声が、建物を揺るがすような雨音に混じる。

「斎庭《ゆにわ》からの言づてか？」

「もちろんそうよ」

膝《ひざ》をついて迎えた綾芽の頬を、尚はぺろりと舐《な》めあげた。「氾濫しかかった神川は、人の身では越えられない。でも神なら難しくもなんともないでしょう？　それで、どうか霞宮まで言づてを届けてくれって願われたから、来てあげたってわけ」

「言づては、わたしへのものなのか」

「そうよ。雨神を斎庭に呼び戻そうとしたんだけど、神が荒れすぎていて叶わなかったんですって。だから綾芽、神鎮めはあなたに任せるそうよ」

「……わたしはできない」

綾芽は硬い声でつぶやいた。

「どうして？」

「神がわたしを受けいれてくれるかわからない。鎮めようとして、かえって余計に荒らしてしまうかもしれない」

しかし尚は「あら」と笑った。

「心配しなくとも大丈夫よ。兜坂の神はあなたを受けいれる」

「なぜわかるんだ」

「あのねえ、わたしも一応、兜坂の神なのよ？」

尚は呆れたように言うと、前脚を持ちあげて頭のうしろを掻いた。

「それがこうしてあなたと言葉を交わし、身に触れても荒れないんだから、他の兜坂の神も同じ。あなたが神毒を抱えていたところで、雨神はそれを理由に拒《こば》みはしない」

「そうかも、しれないけど」

綾芽には確信が持てなかった。綾芽と尚は、普通の人と神の関係ではない。尚が大丈夫だからといって、すべての兜坂の神が綾芽を受けいれる証になるとは限らない。

それにもし雨神が綾芽を受けいれたとしても、鎮まるかはまた別だ。本来これほど荒れた神は、並の花将《かしょう》の手には負えない。鮎名や高子のような心の強い、斎庭を背負って立つ者でなければ鎮められない。生半可な祭礼ではかえって事態を悪化させてしまうだけだ。

鮎名たちのような強い心が、今の自分にあるのだろうか。

(わたしは、自分が信じられない)

必ず成功すると、自分自身に言ってあげられない。そんなていたらくでは――

「『恐れるな』」

尚が口をひらいた。

「『お前が今までなにを積み重ねてきたのか、どのように生きてきたのか、わたしはすべて知っている。そのうえで断言する。お前は必ず成《な》し遂《と》げる。だから恐れず突き進め』」

綾芽ははっと顔をあげる。

「それは――」

「そう。あなたの大事なひとからの言づてよ」

と尚は、綾芽の胸に鼻先をすりつける。

「あのひと、祭主《さいしゅ》でもないのに、自分の血を供物にしてまで言づてを頼んでくるんだもの。本当は神ゆらぎの頼みなんて聞きたくないけど、あれだけの血を見せられたら従わないわけにはいかないじゃない。どれだけ血を流しても死なないからってむちゃくちゃよね」

綾芽は両手を握りしめた。

『恐れず突き進め』

二藍の言葉だ。これを伝えるために二藍は尚を遣《つか》わしたのだ。

身体の中で声が響く。胸の奥底へ落ちて、広がってゆく。

そうだ、いつでもそうだったではないか。

離れていても、二藍はちゃんとわかっている。綾芽がほしい言葉がなんなのか、本当はどうしたいのか、全部知っている。

背を押してくれる。

——恐れるな。

綾芽は目をあげた。尚の頭を撫でて立ちあがると、常子を正面から見つめた。

「常子さま、わたしがゆきます。雨神を鎮められるよう、努力してみます」

必ず鎮めるとは、まだ言えない。

だが立ち向かえる。どうにか立てる。

「よくぞ仰《おつしや》りました」

常子は唇を嚙みしめつつも目を細め、そっと綾芽を勇気づけるように抱きしめた。

「行ってらっしゃいませ。無事のお帰りを、心よりお待ちしております」

それから身を離し、頭《こうべ》を垂れた。

綾芽は固くうなずき胸を張った。顎《あご》を持ちあげ、軒廊《こんろう》のさきへ目を向けた。戸惑《とまど》いながら様子を窺《うかが》っていた娘たちのあいだを、視線を落とさず進んでゆく。

扉の傍《かたわ》らに真白《ましろ》が座りこんでいる。呆然と綾芽を見あげている。

綾芽は迷わず近づいた。

「雨神に返すはずだった砂金の入った袋を渡してほしい。わたしが返してくる」

真白は信じがたいような、傷ついたような目をして、おずおずと袋をさしだした。

綾芽の表情は揺らがなかった。受けとった袋を首にかけると真白に背を向け、天水殿を睨《にら》む。

この妹に見せねばならない。綾芽がこれまで、この斎庭でなにを為してきたのか。なにを失い、なにを得たのか。

「気をつけて行ってくるのよ」と尚に見送られ、再び天水殿へ歩む。軒廊の床は泥の池のようだ。足首まで泥濘《でいねい》に浸《つ》かり、一歩一歩踏みしめる。

雨はしとどに降りしきる。髪から袖《そで》から、水が絶えず滴《したた》り落ちる。雨水が目に沁《し》みる。それでも綾芽は瞼《まぶた》をとじず、目を逸《そ》らさず、一心に天水殿の固くとざされた扉へ歩み寄る。

滝のように雨が流れる階《きざはし》をのぼったところで立ちどまる。矢のように降り注ぐ雨に打たれながら拝礼し、声を張りあげた。

「匳《くしげ》の山におわす雨神よ！」

言い切るよりさきに、割れんばかりの音を轟《とどろ》かせて雨が落ちてくる。勢いが一気に増して、すぐ眼前の扉さえ霞《かす》む。地面を叩く無数の雨音が、綾芽に去《い》ねと叫んでいる。

それでも綾芽は呼びかけ続けた。

「兜坂国《とさかのくに》の春宮有朋《ありとも》、字《あざな》にして二藍の妻たる朱野《あけの》の綾芽が、匳の雨神に畏《おそ》れかしこみ申し奉《たてまつ》ります。あなたさまから盗んだ雨粒をお返しいたします。どうかどうか鎮まられよ！」

声の限りに叫んで、砂金が入った袋を両手で高く掲《かか》げる。雨粒が容赦なく全身を叩く。もう目もあけていられない。それでも歯を食いしばり、両手を伸ばした。

「雨神よ！」

つと影がさす。細く片目をあければ、目の前に大男が立っている。

雨神だ。その禍々《まがまが》しい気配はすこしも減じていない。それどころか、綾芽の短刀を握りしめ、その握った腕を高く持ちあげ、綾芽の頭上に振りおろそうとしている。

心の臓がとまりそうだ。

だが綾芽は逃げなかった。

ここで退《しりぞ》けない。退いてはならない。

逃げたくないのだ。

雨神の腕が限界まであがったと思うと、短刀が綾芽目がけて落ちてくる。その刹那《せつな》、綾芽は足を踏みだして、ほとんど怒鳴るように声を張りあげた。

「いいから受けとれ！　あなたの大事な雨粒を返すと言ってるんだ！」

大男の雨神の胸に砂金の袋を押しつける。どうか受けとってくれと念じながら。

その瞬間。

すべての音が消えた。

いや、音は響いている。雨も変わらず降り続いている。だが一瞬のうちに、篠突《しのつ》くような激しい雨は去り、静かな霧雨《きりさめ》に変じていた。雨音が急に弱まったから、静寂《せいじゃく》と錯覚したのだ。

そう気づいたときには、綾芽の前には誰もいなかった。

雨神は去っていた。

握りしめていた砂金を入れた絹の袋も失せていて、綾芽がひとり、さやさやと落ちる静かな雨の中に取り残されている。

綾芽はしばらく微動だにせず雨に打たれ、それから長く息を吐きだし、天を仰いだ。

――鎮められたのか。

冷たい雨に混じり、涙が頬を伝い落ちていった。


「やったわね！　ちゃんと鎮められたじゃない！」

軒廊を半ばまで戻ったところで、まずは尚が飛びついてきてくれた。すこし遅れて常子も駆けてきて、綾芽を力一杯抱きしめる。

「よくぞ成し遂げました！」

綾芽は硬い表情でふたりを受けとめたが、尚に顔を舐め回され、常子に涙まじりに手を握られるうちに、強《こわ》ばっていた表情はほどけていった。

主殿に戻ると、考試に臨《のぞ》んでいた娘たちに感激の様子で取り囲まれた。春宮妃《はるのみやひ》である『綾の君』の神鎮めを間近で見た娘たちには、もはやさきほどまでの心許《こころもと》ない様子はない。誰もが頬を紅潮させて、輝く瞳を向けてくる。

綾芽はどうしてよいのかわからなくなった。

「堂々と受けとめればよいのですよ。そういうおふるまいが得意ではいらっしゃらないのは存じておりますが、すこしずつ慣れねばなりませんね」

常子は綾芽を今一度脇の室《へや》に連れてゆき、着替えさせて火桶《ひおけ》のぬくもりに当てた。

「娘らが感激するのは当然です。あなたが立派に為してくださったおかげで、無事雨神は鎮まられました。降った水は今しばらく山を駆けくだり、神川へ流れこむでしょうが、さいわい外庭《とつにわ》の官人《かんじん》がこつこつと堤《つつみ》を築いておりましたから、川は持ちこたえてくれるでしょう」

よかった、と綾芽は息をついた。春宮妃としての責めを果たせたかどうかは、今は正直まったく考えられない。安堵《あんど》だけが胸を占めている。

すくなくとも神は鎮まり、目下《もっか》の危機は乗り越えたのだ。

「もっとも橋が流されてしまいましたから、わたくしどもはしばらくここに留まらねばならないでしょうね。水位がさがって渡し船が出るまでは」

「禁苑を南にくだれば、大きな橋がもうひとつあると聞きましたが」

「ございます。が、これほどの雨のあとに禁苑をくだるのはたいへん危険ですから、すくなくとも明朝を待つべきかと存じます」

つまりは、と常子は笑みを消して声をひそめた。

「まずはわたくしどもだけで、なぜ雨神があれほど荒れたのか、あなたの妹御《いもうとご》に尋《たず》ねなければなりません。よろしいですね」

綾芽はうなずいて、それから静かに尋ねた。

「わたしが真白を問いただしてもよいですか」

真白の前で雨神は荒れた。真白の砂金を受けとらず、殺そうとした。あれほどまでに激怒したのには、真白がひそかに為していたという『密命』と関係があるはずだ。

真白に密命を授けていたのは二藍ではない。真白は騙《だま》されていた。騙されて、利用されていた。

妹の絶望を考えると胸が軋《きし》む。だからこそ綾芽は、自身が聞きださねばと思っていた。

「もちろんです」と常子は答えてくれた。

衛士に連れてこられた真白は泣いていた。綾芽は真白の前に膝をつく。ひっそりと呼びかける。

「真白」

真白は顔をあげない。泣きじゃくっている。

「真白、教えてくれ。あなたは二藍さまを名乗る男になにをさせられていた？　それがわかれば、雨神が荒れた理由も察することができるかもしれない」

「……いまさらわかってどうなるのです。お姉さまが――いえ、春宮妃さまが神を鎮めてくださったではありませんか」

「真白」

「わたしはやっぱり、お姉さまみたいにはなれなかった。神を荒らしてしまいました。みなを危機にさらしてしまいました。わたしは結局、なんにもなれなかった」

「真白――」

綾芽は言葉につまった。なにかを為そうとしてみなを危地に陥《おとしい》れてしまった苦しみは、なにも真白だけのものではない。綾芽だって知っている。今もなお苦しんでいる。

己《おのれ》を奮《ふる》いたたせて叱咤《しった》した。

「真白、まだ終わりじゃない。だから教えてくれ。雨神があれほど荒れた理由に、思いあたるところはないのか」

「……わたしがお会いしていた二藍さまは、斎庭《ゆにわ》の決まりに反することをわたしに命じていました」

「なにをさせられていたんだ」

「わたし――」

と言ったきり、真白は顔を歪《ゆが》めて泣き崩れる。なかなか言葉が出てこない。綾芽が背をさすると、とうとう真白は両手を床につき、吐くように言った。

「わたし、神を招いていたのです！」

室はしんと静まりかえった。綾芽も、背後で聞いている常子も、打たれたように立ちすすくむ。

「……本当か」

——ああ、やはりそうなのか。

そんな絶望を押し殺し、綾芽はささやくように問いかける。

「あなたは掃司《かもりのつかさ》の采女《うねめ》にすぎない。それが、王の妻妾《さいしょう》たる花将のみが許されている神招きを行ったのか？」

「偽《にせ》の二藍さまが、そうせよと仰ったのです」

「妃宮の許可も得ず、ひそかに、勝手に神を招けと？」

「わたしには……見どころがあると、燻《くすぶ》っているべき者ではないと、今すぐ神招きに関わる才を持っていると！　そう褒《ほ》めてくださったのです……」

真白の嘆《なげ》きは嗚咽《おえつ》に埋もれてゆく。

綾芽は言葉を探した。身のうちに虚《うろ》が広がっていく。なんてことをしてくれた。もっと早く気づけばよかった。真白が哀れだ。哀れで目を背けてしまいたい。

だができないから、綾芽は歯を食いしばって尋ね続けた。

「どんな神を招いたんだ」

真白は両手で顔を覆《おお》ったまま、ぽつりぽつりと言葉を繋ぐ。

「今日招いたのは、亀の姿をした神でした。招方殿《しょうほうでん》の池で招いたのです」

あのときだ。今朝真白と出会ったとき、真白は池に向かって手をさしだしていた。池のうちには美しい亀が泳いでいた。あの亀に、真白は手ずから神饌《しんせん》を与えていたのか。

「どの亀神だ？　亀の姿をした神は、この国にはたくさんおわす」

「偽の二藍さまが書き記してくださった紙には、斎庭の北の狭霧山《さぎりやま》におわす、水分神《みくまりのかみ》だとありました」

「狭霧の水分神……ならば、雨神が荒れたのも当然でしょう」

黙って聞いていた常子が、沈んだ声でつぶやいた。

「水分神とは、山に流れる水を司《つかさど》る神。雨神と同じく水の神でありますが、おわすところがかたや天、かたや地、つまりは水を奪い合う間柄です」

夏になると、狭霧山の山頂《くしげ》にはしばしば雨雲が長く引っかかり、散々に雨を降らす。つまりは狭霧の水分神が、匳の雨神から水を奪う。

「よって狭霧の水分神は、匳の雨神にとっては己の雨を『盗む』者、憎き敵《かたき》。その敵をまさに招いている最中の娘が供物を盗んでいったら、雨神が激怒するのも当然」

だから雨神は、真白を殺しにかかった。

「匳の雨神と狭霧の水分神の関係は、神招きに深く関わる者ならばみな知っています。ですから同じ日に別の妻館にそれぞれを招くことも、同じ花将が二柱《ふたはしら》を続けて招くことも固く禁じられております。禁忌《きんき》なのです。知っていましたか？」

「いいえ、はじめて知りました」

うつむき肩を震わす真白は、嘘をついているとは思えない。

常子と綾芽は目を合わせた。

「二藍さまを騙《かた》る者が妹御を人定めの儀に送りこんだのは、このためですね」

「違いありません」

綾芽は怒りを覚えて拳を握りしめる。「二藍さまを騙る男は、大水害を起こそうと企《たくら》んだ。それで水分神を招いた真白を雨神のもとに送りこみ、雨神を荒らさせようと――」

「違うのです、お姉さま！」

だが綾芽の憤りを、真白の悲鳴のような声が遮《さえぎ》った。綾芽は口をつぐみ、青白い顔の妹に戸惑いの目を向ける。

「……なにが違うんだ。川を溢《あふ》れさせようとしたからこそ、男はあなたに今日、水分神を招くよう命じたんだろう？」

いいえ、と真白はめちゃくちゃに首を左右に振った。

「確かに偽者の二藍さまは、狭霧の亀神を招けと仰いました。ですがそれは、大雨を降らせろという命《めい》ではございません」

「……どういう意味だ」

「このような大雨が降ったのは、まったくの偶然なのです。なぜなら、今日この日に水分神を招くと決めたのは、偽の二藍さまではありません。雨神と亀の神の仲が険悪だとは、つゆ知らずにいたわたしなのです」

「……狙って禁忌に触れさせたのじゃないっていうのか？」

「違うのです。あの御方は、いつ水分神を招けとは一言も仰らなかった。わたしが勝手に、今日にしようと決めただけです。禁忌を知らなかったために、雨が降る日なら、同じく水に関わる神も招きやすいはずと勝手に思いこんだのです」

綾芽は常子と顔を見合わせた。

大雨を降らせるのが、二藍を騙る男の狙いではなかった。ならばいったいなぜ、真白に神を招かせたのだ？

ふいに、綾芽の脳裏に恐ろしい予感がよぎった。

「なあ真白、あなたはさっきこう言ったよな。『今日招いたのは、亀の姿の神』って」

掠《かす》れた声で妹に問いかける。

「それはつまり――あなたが神を招いたのは、今日の一度ではないってことなのか」

まさか、まさか。

違うと言ってくれ。お願いだ。

「そのとおりです、お姉さま」

と真白は涙を拭《ぬぐ》ってうなずいた。

「わたしは何度も神を招きました。昨日も、一昨日も、毎日のように」

「……毎日のように」

常子の顔色がはっきりと変わった。ふらりと揺れたかと思えば、鬼気迫る表情で膝をつき、真白の両肩を揺さぶりはじめる。

「お答えなさい！　いったいあなたは、今までどれだけの神を招いたのです！」

あまりの剣幕に真白は身を強《こわ》ばらせ、それからしゃくりあげた。

「それは、大切なことなのですか」

「必ず明らかにせねばなりません」

「……ここに、すべて書いてあります」

と怯《おび》えるように、懐《ふところ》から紙を取りだす。「二藍さまを名乗る方が、この紙に名が書かれた神々をみな招きもてなすようにとくださったのです」

それは目録《もくろく》のようだった。幾重《いくえ》にも折りたたまれて細長くなっているそれを、常子は息をとめてひらいていく。

ひと折、ふた折。

神の名が列挙されている。上に朱筆で丸がついている神は、真白がすでに招いたという印か。

み折、よ折。神の名は続く。いつ折、むつ折……。

常子は紙をすべてひらきおえた。

そこにはずらりと神の名が並んでいて、眺める常子は石のように動かなくなった。

「……なるほど、そのような企《くわだ》てでしたか」

ぽつりとつぶやく。

「であるから、斎庭には獣があれほどいたのですか。山の立ち枯れはこの企ての真意を隠すために」

目が据わっている。輝きを失っている。

綾芽が声をかけるより前に、常子は感情を消した声で真白に尋ねかけた。

「真白とやら」

「……はい」

「このような密命を授かっていたのは、あなたひとりですか。他にも同じくひそかに神を招かされていた女官はおりますか」

　おどおどと真白は答えた。

「面識はありませんが、偽の二藍さまのお言葉からすると数人いたようです」

「そうですか……」

　常子の首が垂れる。その目は床を睨み据えている。

「綾芽」

「はい」

「今すぐ尚大神に、わたしがこの件についてしたためた文《ふみ》と、神の名を記したこの紙を妃宮へ届けていただきます。川の水が引くまでは待てません。真白と同じく神を招かされていた娘を一刻も早く探しだし、問い詰めねば」

　言うや常子はふらふらと几《つくえ》の前に座り、鮎名に宛てた文を綴《つづ》りだした。筆の穂先が小刻みに震えている。

　綾芽はなにも声をかけられなかった。常子がどうしてこれほど衝撃を受けているのか、なにを恐れているのか、綾芽にだってわかっている。わかるくらいは、斎庭《ゆにわ》の女官として経験を積み重ねてきた。

（だけど）

と綾芽は妹に目をやった。黙りこくった姉を不安げに見つめていた真白は、耐えられなくなったように尋ねてくる。

「お姉さま、わたしはどれほどの罪を犯してしまったのでしょう」

「……とても、大きな問題になることだ」

綾芽は言葉を濁した。大きな問題どころではない。このままでは兜坂国《とさかのくに》は滅ぶかもしれない。真白は取り返しのつかない過《あやま》ちをしでかした。

だが言えない。あまりに真白が不憫《ふびん》で口にできない。真白が持たされていた紙に書かれた神の名は、数十はくだらない。それだけの神をひそかに招けばどうなるかすら予想もつかなかった、無知な妹。

無知は罪だ。なぜ勝手に神を招いてはならぬと定められているのか、それさえ理解していれば、真白だって偽者の二藍の誘いなどはっきりと断れたはずなのに。

……果たしてそうだろうか。もし春宮を名乗る者に見いだされ、認められたら、誰だって舞いあがってしまう。多少の疑いは抱いても、上つ御方の仰《おお》せだからと喜んで言いつけどおりに働いてしまう。ひそかに神を招いてしまう。まさか重大な非違を犯しているとすら思いも寄らないだろう。

そんな真白を責められるのか。罪のすべてを背負えと言えるのか——。

このままでは真白は法に照らして、死罪を免《まぬが》れないだろう。どうにか罪をあがなう道はないものか。

考えに考え、はっと綾芽は気がついた。そうだ、まだできることはある。挽回の道は残っている。

綾芽にも、真白にもだ。

「真白」

綾芽は片膝をつき、妹の目を見て呼びかけた。

「あなたはしばらく前から、自分が騙されているかもしれないと気がついていたな」

真白は顔をあげる。綾芽は覚悟をもって言葉を続ける。

「今朝言っていただろう。人定めの儀に参加を決めたのは、このわたしがどのように考試に臨むかを目にして、考えるためと」

「……はい」

「わたしを見極めたかったんだろう？　わたしが、本物の二藍さまと面識があるかを知りたかった。あなたは、あなたが会っていた『二藍さま』が偽者じゃないかって疑念を抱いていたから」

真白は息を呑んだ。その瞳はかすかに震えている。

「……そのとおりです。わたし、お姉さまが二藍さまをいたく心配されていたのが気になって、それで二藍さまにお目にかかったおりに、『菖蒲《あやめ》』の花がお好きかと尋ねてみたのです。ですが二藍さまは、その響きを耳にしてもすこしも心を動かされませんでした」

「それで、なにかおかしいと思いはじめたんだな」

「本当は、それも当然だと思いたかったのです。お姉さまは単なる女丁《はしため》、二藍さまとお知り合いであるはずがないって！　でも」

真白は顔を歪めた。

「でも自分をごまかしきれませんでした。だってわたしは小さなころから知っていました。お姉さまが何年ものあいだ、荷運びの女丁に留《とど》まっているわけがない、お姉さまは必ず栄達する御方で、二藍さまの目に留まることだっておおいにありえるんだって！」

「だからあなたは、わたしとあなたの二藍、どちらが本物なのかを見極めようと思った。そのために考試に参加した」

「……怖かったけど、確かめずにはいられませんでした。わたし、お姉さまが考試の途中で落ちるよう祈ってました。落ちていいてほしかった。その程度の力しかないのなら、二藍さまとご昵懇《じっこん》なわけがないのですから。でも、結局間違っていたのはわたしだった。やっぱりいつもどおりお姉さまが正しくて、わたしは愚かで、結局お姉さまに尻ぬぐいをさせて――」

「そうじゃない、あなたはよくやった」

ぼろぼろと涙を落とす妹の背を、綾芽はそっと支えた。

「なにが……なにがですか！」

「あなたは、主《あるじ》とみる御方に抱いた疑いをなかったものにしなかった。ちゃんと確かめようとした。おかげでわたしたちはこうして異変の理由に辿《たど》りつけたし、まだ打つ手も残っている。あなたが協力してくれさえすれば」

犯した罪は消えない。

ならば必死にもがいて、再び道を探すしかないのだ。

「……こんなわたしにも、まだなにかが為せると仰るのですか」

真白はうつむき、小さな声でつぶやいた。それから顔をあげ、綾芽の衣を両手で摑んで懸命に問いかけた。

「わたしにも為せることがありますか？　教えてくださいお姉さま！」

綾芽は真白の手をとり、大きくうなずいた。

「あなたを騙した男を、捕らえる手助けをしてくれ」

「二藍さまのふりをしていた男を捕らえにゆく？」

綾芽の申し出を聞いた常子は、驚いて筆をとめた。

「どのようにです。正体がわかったのですか？」

「いいえ。ですが捕らえること自体はできます。実はちょうど今夜、真白はその男と会う約束をしていたそうです」

「今夜ですか」

と常子は外を見あげる。雨はあがり、雲がちの空が格子《こうし》のあいだから覗《のぞ》いている。すっかりと夜の色に変わっている。

「この雨のあとですから、男のほうも約束どおりにやってくるかはわかりません。それでも、待ち合わせの場に行ってみる価値はあります」

常子は思案に暮れて筆を置いた。

「あなたが御自《おんみずか》ら向かうのですか？」

「そのつもりです。もちろん無理はいたしません。間に合いそうなら舎人《とねり》や衛士の応援を呼んでから参りますし、そうでなければ男の顔を見るだけ、あとをつけるだけに留《とど》めて、捕らえようとはいたしません」

「ですが、どのように約束の場である斎庭に戻るおつもりです。橋は流され、神川はまだ溢れんばかりに猛《たけ》っております」

「ご心配なく。尚に助けてもらいます」

「わたし？」

　火桶の前で丸くなっていた尚が、眠たそうに首をもたげた。

「そうだ。猛っているとはいっても、川はすこしずつ落ち着きはじめている。流された橋の橋桁《はしげた》は水面から顔を出していると、見回っている衛士が言っていた。尚だったら、その橋桁を飛び石がわりに伝って向こう岸へ渡れるだろう？　わたしを乗せていってくれ」

　かつて陑《くしげ》の岩山の切り立つ崖を軽やかにくだってみせた尚ならば、容易なはずだ。

「まあ、できなくはないわね」

　だけど、と白き狼はあくびをかます。

「もし綾芽を向こう岸へ渡すなら、二藍たちのところへ書きつけは持ってゆけないわよ」

「妃宮に文を届けてはくれないってことか」

「捧げられた供物の対価からいえばそうなるわね」

　綾芽は常子を窺《うかが》った。常子はしばらく考えていたが、やがて書きかけの文をくしゃりと丸めてうなずいた。

「わかりました。綾芽、あなたが尚大神《なおのおおかみ》とゆかれてください」

「妃宮へのご報告はどうします」

「わたくしが、南の橋を伝って斎庭へ戻ります」

常子はもう決めたようだった。

「男との約束の刻は迫っています。あなたがさきにお発《た》ちください。短刀は雨神に奪われてしまいましたね。他に武器はお持ちですか？」

「二藍さまにいただいた笄子《かんざし》がございます」

綾芽は胸を押さえた。懐《ふところ》に残った短刀の鞘《さや》には、笄子が刺さっている。銀の鶏《にわとり》と菖蒲《あやめ》の花をあしらった、美しく鋭い、武器としての笄子が。

それでも常子は心配して、衛士の佩《は》いていた太刀を持たせてくれた。それから綾芽の手を握り、祈るように言った。

「どうかお気をつけて」

外へ出ると、雨神の引きつれてきた雲はおおかた去り、雨上がりの澄んだ空に星が冷たく輝いている。尚は階《きざはし》の前でくるりと跳ねると、二回りほど大きくなって腰を低くした。あとは綾芽がまたがるだけだ。

綾芽は袖をくくり、衣の裾《すそ》をからげて、短く息を吐いた。

「それじゃあ、お願いするよ、尚」

「任せて」

尚の毛皮を軽く梳《す》いて、その背にまたがろうとしたときだった。

「待ってお姉さま！　いえ、春宮妃さま！」

真白が必死の形相《ぎょうそう》で駆けてきた。泥で衣が汚れるのも構わず、綾芽の足元にすがりつく。

「わたしも連れていって！　お願いいたします」

綾芽は尚と顔を見合わせ、戸惑いを隠せず妹を見おろした。

「……だけど」

「お役に立ちたいのです。わたしがいたほうが、あの男も警戒せずに近づいてくるはずですし、それに、一言物申してやらなければ気がすまないの。よくも騙してくれたなって。お前なんかがこそこそ悪事を働こうと、斎庭の上つ御方は全部お見通しだって！」

綾芽は面食らった。

（連れていってあげたいけど）

真白は心の底から懇願《こんがん》している。自分の罪が、いまさらすこしばかり功があったところで許されないものだとは薄々気がついていても、それでも。

「……どうかな、尚」

「わたしは構わないわよ。娘ふたりを背に乗せるくらいなんてことないし」

と尚は気にする様子もなく前脚を舐めている。

綾芽は常子に目を向けた。常子は、『ならぬ』と言いたそうだった。だがひとつ息を吐くと、「行ってきなさい」と許しを与えてくれた。

「ただしわたくしは、あなたが望んだから許すのではありません。綾芽を守るためにゆかせるのです。万が一のときは、あなたが身を張って春宮妃を守るのです。よいですね」

真白は涙を拭って立ちあがった。泥だらけの衣を調《ととの》え、幼いときから何度も何度も練習してきた、美しい所作《しょさ》で常子に頭《こうべ》を垂れた。

「承《うけたまわ》りました、尚侍《ないしのかみ》さま」

綾芽は尚の背にまたがった。

真白も続く。落ちないように綾芽の腰に腕を回し、懸命にしがみつく。

ふと綾芽は、故郷でもこんなふうに身を寄せた過去があったような気がした。なぜだろう。綾芽と真白は姉妹とは名ばかり、仕方なく拾われた養い子と、将来を期待された娘の関係だった。身分が違ったから、こんなふうに身を寄せ合うわけもないはずだ。

「それじゃあ走るわよ。ちゃんと摑まっていてね」

尚が泥水を蹴って走りだす。

とたん、綾芽は気がついた。

（……そうか）

綾芽が那緒《なお》と出会うよりずっと前、この妹がほんの小さなころ。

凍《こご》える冬の夜に、真白はこうして綾芽にすがりついてくることがあった。だめだと言いつけられているのに、それでも粗末な藁《わら》の褥《しとね》に潜《もぐ》りこんで、綾芽のそばにいたがった。

それを綾芽は今はじめて、はっきりと思い出した。

水浸《みずびた》しの禁苑は静まりかえっている。黒い水たまりに夜空が映る。尚は悪路をものともせずに駆けてゆく。

「お姉さま」と真白が背中でささやいた。

「なんだ」

「尚大神は、那緒さんなのですか？」

「……そうじゃないけど、そうだよ」

真白はしばらく黙って、そっか、とぽつりとつぶやいた。

「お姉さまはずっと、那緒さんと一緒におられたのですね」

神川が近づく。轟音が耳に届く。濁った泥色の水が、恐ろしい勢いで川をくだっている。

「死すらも、おふたりのご友情を引き裂けなかったのですね」

濁流のうちに、流れが変わっている場所がいくつかある。よく見れば橋桁が、黒いしぶきの合間からほんのわずかに顔を出している。

そこへ尚は迷わず飛んだ。狭い足場に前脚を揃《そろ》えてつき、後ろ脚が追いついたときには
また次の橋桁へ飛ぶ。いとも簡単に、易々《やすやす》と荒れくるう川を越えてゆく。

振り落とされないよう、綾芽は尚にしがみつき、そんな綾芽に真白は縋《すが》る。

「おふたりがうらやましいです。今も昔も、ずっと」

尚は川を越えた。再び軽やかに地を蹴り走りはじめる。

「わたしもお姉さまに、立派な妹だって言われたかった」

かぼそいささやきが耳を打ち、綾芽は尚の首に回した腕に力を入れた。

「……あなたはわたしの大切な、大好きな妹だよ」

真白は黙っていた。

黙って静かに泣いていた。


やがて篝火《かがりび》の焚《た》かれた四位門《しいもん》が見えてきた。四位門を守る衛士たちは、大狼とその背に乗る女官のふたりを見て驚いたが、常子が持たせてくれた許可状を見せるとすぐに通してくれた。

「応援を呼ばなくて大丈夫なの？　さっきの衛士を連れていけばよかったのに」

大蔵《おおくら》のあいだを走り抜けながら尋ねてきた尚に、綾芽は首を横に振る。

「ことがことだから、信頼のおける者じゃなきゃ連れていけない」

「残念だけどわたしが役に立てるのはここまでだから、助太刀できないわよ」

「わかってる。だから無理はしない。真白に囮《おとり》になってもらって注意を引きつけている隙《すき》に、わたしがやつの顔を見て、あとをつける。それ以上は欲張らない」

綾芽は振り向き言った。

「真白、囮になってくれるな」

「もちろんです」と真白は意気込んだ。「わたし、がんばります。これが最後のお役目になるかもしれませんから」

「なに言ってるんだ。そんなこと――」

「お姉さま、わたしも知っているのです。妃宮の許可を得ずに神を招けば死罪。そう神祇《じんぎ》令《れい》に明記されているとちゃんと知っておりました。いくら騙されたからといって、犯した罪は消えないとも悟っております」

「……だけど軽くはなるかもしれない」

綾芽は頰に力を入れた。そうであってほしいと心から願った。

「そうだと嬉しいですが」と真白は笑う。「でも、罪が軽くならずともがんばりたいです。

お姉さまをお守りするよう、尚侍《ないしのかみ》さまが直々《じきじき》に命じてくださいましたし」

「言っておくけど、がんばるのと自暴自棄は全然違うよ。命は大切にするんだ、わかってるな」

念を押すと、「承知しております」と真白はまたすこし笑った。

「わたし、まだ死にたくはないのです。もうしばらく、お姉さまのご活躍を見ていたいですから」

綾芽は言葉を探した。だが出てこない。だから黙って闇を睨んだ。

(なんとしてでも、真白を利用した男を捕らえなければ)

そうして真白が、命だけは助かる道を切り拓《ひら》かねば。

男が待っているのは、西の小門の脇、鶏司《とりのつかさ》の裏の、ひとけのない小路《こうじ》だという。

「斎庭《ゆにわ》のうちか。どうやって出入りしているんだ？」

「門を守る衛士や舎人に協力者がいるようです」

「協力者、か」

二藍を騙る男は国を陥《おとしい》れようとしている。ならばおそらく、玉央《ぎょくおう》など他国の手の者だろう。そんな男に力を貸す者が、斎庭にひそんでいたのか。

とにかく男さえ捕らえれば、すべては明らかになるはずだ。

「それじゃあがんばって。無事でいてね」

「ありがとう」

鶏司の前で尚に別れを告げ、綾芽と真白は走った。いつしか空には月が昇っている。刃《やいば》のように鋭い月が、冷たい光を放っている。

約束の小路が見えてきた。

果たしてそこには、月を背にした男の影があった。すらりとした佇《たたず》まいの男で、暗い色の袍《ほう》をまとっている。

その影のような立ち姿を目にしたとたん、綾芽は息がとまりそうになった。あまりにも本物の二藍に似ている。他人がなりすましているとすれば、似すぎている。

落ち着け、と自分に言い聞かせる。

(背格好が似ているだけだ。顔はまったく別人のはずだ)

「真白、わたしは男の背後に回る。あの男と会話をして注意を逸《そ》らしてくれ」

「承知いたしました」

言うや駆けていこうとする真白の袖を、綾芽は衝《つ》き動かされるように引き留めた。

「待って」

真白が振り返る。

抜けるように白いかんばせ、流れる髪。ほんのりと桃色に染まった頬。

「お姉さま?」

「……怪我《けが》をしないように気をつけて。あなたへの罰は心配しなくていい。わたしが妃宮にかけあって、死なずにすむようにしてみせる。だから、死に急ぐような真似は絶対にするな」

真白は目を丸くして、それから嬉しそうに頰をほころばせた。

「ありがとうございます、お姉さま」

それから真剣な表情で、ぬかるんだ路《みち》を走っていった。

真白と別れた綾芽は、ひとり小路を回りこんだ。掌《てのひら》を握りしめ、水たまりを蹴ってゆく。ようやく路のさきに出る辻《つじ》まで来た。この角を曲がったところに男はいるはずだ。築地塀《ついじべい》の陰に身をひそめ、角の向こうを覗きこむ。男は確かにすぐそこにいた。こちらに背を向け、月明かりに照らされている。

常子が持たせてくれた太刀を抜き放つ。いつでも飛びだせるようにする。やがて男の肩越しに、真白がしずしずと進みでたのが目に映る。

「遅くなりまして申し訳ございません、二藍さま」

真白がかしこまれば、男は笑う。

「まさか来るとはおもわなんだ。禁苑にいたのだろう？　どのように帰ってきたのだ。あの雨ではとても戻れぬと考えていたが」

「神川の水はすでに引きつつあり、渡し船が出されたのです。それでなんとか、お約束を破らずにすみました」

真白は落ち着いていた。禁苑の様子を逐一《ちくいち》知れるのは斎庭《ゆにわ》の上つ御方だけだ。この男は神川の状況を把握していないとみて嘘をついたのだ。

落ち着かないのは綾芽のほうだった。二藍を騙る男は、背格好ばかりか声まで二藍によく似ている。二藍が『白羽の矢』のせいで出歩けない身と知らなければ、面識がある者でも騙されるかもしれない。

（いったい何者なんだ、この男は）

やはり玉央の手の者か。だが玉央の間諜《かんちょう》は先日一掃したはずだ。今は外《と》つ国との行き来の監視が厳しくなっていて、八杷島の信頼できる船しか兜坂には出入りできない。そうなると、玉央をはじめとする外つ国の者とは考えがたい。

それに、真白が下賜《かし》されたという香袋も気にかかった。あれは、間違いなく本物の二藍所有のものだったはず。なぜそれをこの男は持っていた？　悪用されないよう、二藍は信頼しうる者にしかあの色の衣や裂《きれ》を渡さないのだが。

「渡し船がでたか。それは運がよいな」

と男は扇《おうぎ》を広げて笑いをこぼした。「して娘、わたしが授けた密命はどれほど進んだ。今日とてどこぞの神を招きもてなしたのだろう?」

「まことに勝手ながら、本日は控えさせていただきました」

真白は顔色を変えずに嘘をつく。「と申しますのも、他の神を招いたあとに雨神の前にまかりこせば、よからぬことが起こるやもしれないと考えたのです」

「なるほどな」

男は小さく笑った。次第に辛抱《しんぼう》できぬというように肩を揺らし、声をあげる。

「なるほど!」

あまりの哄笑《こうしょう》に、真白は困惑《こんわく》して男を窺った。

「あの、二藍さま――」

「なあ娘よ、お前に知恵を吹きこんだのはいったい誰だ?」

男は笑いながら、足早に真白に詰めよった。

「そのような、神招きを担《にな》う者なら誰もが心得ることすら知らず、わたしに命じられたからといって嬉々《きき》として罪を重ねていたお前に、誰が道理を教えてくれた?」

真白が後じさる。その目が恐怖に見開かれていく。

まずい、と綾芽は飛びだそうとした。あの男は真白の偽《いつわ》りを見抜いている。助けにゆかねば——

その刹那だった。

男が腰に佩いた太刀を抜きざまに、真白に向かって振りあげた。

真白の胸を切り裂いて、太刀のさきが天を向く。目を丸くひらいたまま、膝から崩れ落ちてゆく真白が、妙にゆっくりと綾芽の目に映った。

綾芽は身を強ばらせ、それから我を忘れて飛びだした。

だが——あと一息で男の背に太刀が届くというところで、ふいに男は振り向いた。

束髪《そくはつ》が揺れ、横顔が月明かりに浮かぶ。高い鼻梁《びりょう》が現れて、ふたつの瞳が綾芽を映す。

息がとまる。

綾芽は太刀を取り落とし、ふらりと後じさった。

「……二藍」

それはまさしく二藍だった。

二藍の背格好で、二藍の声をして、二藍の顔を持つ男だった。

「どうして……」

一瞬、なにも考えられなくなった。なぜ、まさかそんな、いや違う、だが……。

そのわずかな隙を突くように、男は笑みを浮かべた。

「やはりお前だったのだな、『あやめ』」

はっと息をつめたときには遅かった。

虚《うつ》ろな顔をした衛士が背後から現れて、綾芽の頭に麻《あさ》の袋を被《かぶ》せて押し倒す。水たまりが音を立てる。衛士は暴れる綾芽の手首を縛る。

いつのまにか牛車《ぎっしゃ》が寄せられていて、綾芽はその御簾《みす》の奥へと引きずりこまれた。

そのあいだ二藍の姿をした男は、優雅に袖を払い、しゃがみこんでなにかを探していた。

牛車の中から悲鳴が響く。やがて静かになったころ、男もまた立ちあがる。

その指には、血を浴びた香袋がつまみあげられていた。

「さて参ろうか、我が妃よ」

男はおかしそうに笑うと、牛車へ乗りこんだ。

すぐに車は遠ざかる。再び小路は静寂に包まれる。

あとにはひとり、血を流して倒れた娘だけが残された。

第五章

ふたつの絆、相反す

――あれだけの雨が降ったのに、静かなものだ。

鮎名《あゆな》は褥《しとね》に横たわり、御簾《みす》ごしに見える細い月を眺めていた。

春宮《はるのみや》の御所であるここ尾長宮《びちょうぐう》で一夜を明かすのは、妃宮《きさきみや》を拝命してからはじめてだ。尚《なおの》大神《おおかみ》をこの場で招いたから、明日見送るまでは滞在せねばならない。鮎名の桃危宮《とうきぐう》には、綾芽《あやめ》が鎮《しず》めて無事斎庭《ゆにわ》に戻った雨神を別の妃《きさき》に任せ、高子《たかこ》が戻ってくれている。

（まあ、わたしが待機する必要もないだろうが）

おそらく今ごろ尚大神は、綾芽を祭主《さいしゅ》に改めているだろう。そもそもさきほども祭主こそ鮎名ではあったが、ほぼ二藍《ふたあい》が招いたようなものだった。二藍は己《おのれ》の血をもって、綾芽のもとへ走るよう尚大神に願った。尚大神は、死に瀕《ひん》しているわけでもない神ゆらぎの頼みを聞くのは嫌だったようだが、それでも押しきられた。

――本当に、神ゆらぎにしておくには惜しい男だな。

二藍は王族で、しかも今は春宮だから、本来ならば自《みずか》ら神を招ける立場だ。しかし叶《かな》わない。兜坂《とさか》の神は、神ゆらぎとその神気を嫌う。

だが。

鮎名は、さきほど二藍から打ち明けられた、『すべてを救う術《すべ》』を思い起こした。

物申《ものもうし》の心の臓を手に入れるよりある意味では難しく、成《な》し遂《と》げるにはいくつもの難題が山となって押しよせる。誰もが試練にさらされるが、そもそも最初の関門を二藍が突破できなければ話にならない、恐ろしく険《けわ》しい道。

(それでもあの男ならば、成し遂げられるかもしれないな)

鮎名の信頼する神祇官《じんぎかん》にして愛《いと》しき義理の弟が、試練のさきにあるはずの未来を疑わないのならば。

渡殿《わたどの》を駆けてくる足音がする。鮎名は身を横たえたまま耳をすませた。鮎名の寝所《しんじょ》に向かっているようだ。ひどく焦《あせ》っている。

ちょうど身を起こしたとき、佐智《さち》の押し殺した声が御簾ごしに響いた。

「妃宮、火急のお知らせがございます」

「話せ」

「尚侍《ないしのかみ》がお戻りになりました。今すぐにお目通りを願うと」

「常子《つねこ》が？」

鮎名は寝着の上から衣《ころも》を羽織った。「もう斎庭に戻れたのか。神川《かみがわ》を渡る船は、明るくならねば出せないと聞いていたが」

「それが、急ぎご相談せねばならない儀があるため、禁苑《きんえん》を都のほうまで馬で駆けくだり、無事であった橋を渡ってお戻りになったそうで」

「……すぐに通せ」

かしこまりました、と佐智は走り去った。

鮎名は立ちあがり、手早く装束《しょうぞく》をまといながら眉をひそめる。大雨でぬかるんだ危険な禁苑を、しかも夜に駆け抜けて、常子は斎庭に戻ってきた。一刻も早く鮎名に聞かせなければならない話があるからだ。

（いったいなにがあった）

再び簀子縁《すのこえん》を足音が近づいてきた。乱れているが、それが常子の足音だと鮎名はすぐに気がついた。普段はけっして殿上《てんじょう》で足音など立てない常子だから、相当に焦っている。

鮎名が御簾をくぐって廂《ひさし》に出ると、ちょうど常子とはちあった。几帳面《きちょうめん》になでつけられていたはずの髪は乱れに乱れ、装束も手足も泥だらけだ。

「鮎名！」

鮎名の顔を見るや、常子は顔を歪《ゆが》めて走り寄ってきた。友にして誰より信を置く尚侍《ないしのかみ》を、鮎名はしかと受けとめる。

「どうした、なにかあったのか」

常子はふらついていて、すぐには言葉を発せなかった。顔にも疲労の色が濃い。立っているのがやっとのようだ。鮎名は泣きだしそうに顔を歪めている友をその場に座らせた。こんな常子を見るのははじめてだった。

「なにがあった。雨神は、綾芽が無事鎮めてくれたのだろう?」

「そうです、綾芽は成し遂げました。ですが――」

常子はつっかえながらもことの次第を話した。雨神が荒れたのは、雨神と険悪な関係の神を招いていた娘がいたからで、その娘は鮎名の許可も得ずに神招きを行っていた。

それは二藍の名を騙《かた》る男に命じられてのことで、娘はすでに何度も神を招いてしまったのだと、これまでに招いた神の名が書かれた紙をさしだした――。

「こちらがその一覧です」

常子は今にも倒れそうな表情で、畳まれた紙を取りだした。鮎名は両手を伸ばし、一気に広げる。

たちまち鮎名は、常子が無理を押して斎庭へ戻ってきたわけを悟った。

「……その娘は、ここにある神すべてを招いたのか」

血の気《け》が引いていく。書かれた神の名は、神位の低い神ばかりが八十ほど。うち、招きずみの印がついた神は五十ほど。

つまりその娘は、鮎名のあずかり知らぬところで五十もの神をひそかに招いたのだ。

「嘘だろう？」

悪夢だと信じたかった。なにかの間違いだと。しかし常子の瞳と視線がかち合ったとたん、鮎名は認めざるを得なかった。

これは夢ではなく、悪夢ですらない。いまこのときに起こっている危機だ。

滅国《めっこく》の危機だ。


誰にも知られず、ひそかに神を招くは重罪である。どんな者も、それこそ大君でさえ罪を免《まぬか》れない。それはなぜか。

はるか古《いにしえ》の時代、斎庭《ゆにわ》では何千何万もの神を招いていた。高名な山川の神から名もなきヌシまで、人に利をもたらしてくれるならば区別もつけず、手当たりしだいといってもいいくらい大量の神をもてなしていた。

だがそんな時代は、玉盤神《ぎょくばんしん》を祭祀《さいし》せねばならなくなったときに終わった。

玉盤神は理《ことわり》の神。人に理不尽《りふじん》な要求を突きつけてもがかせ、前に進めと強《し》いる神。その理不尽の一環として、玉盤神は一年で招ける神の総数を定めてしまったのである。

もしその定められた数を一柱《ひとはしら》でも超えてしまったらどうなるか。年のはじめ、玉盤神の一柱である定神《じょうしん》が、前年に招いた神の数を検《あらた》めに来る。そして総数を超えていると知られるやいなや、その国は、理からの逸脱の罪で滅国の神命《しんめい》を下される。

国が滅び、民《たみ》は死ぬ。

だからこそ斎庭は、けっして定められた神の数を超えないよう、細心の注意を払って神招きを行ってきた。上限は決まっていて、けっして溢《あふ》れてはならないのだから、古の時代のようにどんな神でも手当たりしだいに招けはしない。私欲での神招きは当然認められない。妃宮と斎庭の決裁を経《へ》なくては、大君ですら咎《とが》められる。勝手に神を招いた者は即刻死罪。そう定めて、神招きの軽重《けいちょう》を慎重に判じて、さらにはいくつもの司《つかさ》の監視や確認を経て、絶対に上限を超えないようにと気を配ってきた。

なのに。

件《くだん》の娘は、その決まりの外で神を招いた。

(それも五十もの神をだ)

斎庭は、上限を超えないぎりぎりを見極めてできるかぎり多くの神を招き、人の利を得ようとしている。ゆえに年の瀬が迫るほどに、許される数は減ってゆく。すでに今年最後の月も半ばにさしかかっている。招ける数の余裕はほとんどない。

そこに思いも寄らない五十が加われば――

「焦るな」

鮎名はぐったりとした常子を抱《かか》え、自分自身をも必死になだめて勘定《かんじょう》に頭を巡らせた。

「今年はまだ、あと百五十ほどは神を招ける余地がある。五十ならばどうにか――」

「この娘だけではないかもしれないの」

「……この娘だけじゃない？」

ええ、と常子が押し殺した声で告げた。

「二藍さまを騙る男は、他の娘にも神招きをさせていたそうよ。そのような娘がしめて何人いるのかはわからないけれど、もしみな同じように大量に神を招いていたのなら……」

常子は黙りこんだ。みなまで言わない。恐ろしくて言えないのだ。

大量の神を招いた娘が他にもいる。

つまり――

鮎名は首を巡らせ、控えていた佐智に激しく命じた。

「花将《かしょう》から女丁《はしため》に至るまで、すべての女官を叩き起こせ！　騙《だま》されて神を招いていたと今申し出れば、死罪は免じる。里や一族も安堵《あんど》されると触れ回り、手を汚した者をひとり残らず見つけだせ」

（まだだ。まだ終わったわけじゃない）

大つごもりまではあと半月。上限までの余地は多くて百。

大丈夫、なんとか収まるはずだ。非違を犯した娘がそれほど多いわけはないし、何十もの神を招けているとも思えない。常子が捕らえた娘は、相当の神招きの才を持っている。いくら招いたのが神位の低い、獣に毛が生えたような神ばかりとはいえ、このような事態に至るまで大きな失敗もせずにひそかに五十も招くなど、なんの才もない娘においそれと為《な》せる業《わざ》ではない。

どちらにせよ今は待つしかない。焦《あせ》ったところでなにもできない。

――となれば考えるべきは、娘たちを騙した男のことだ。

今回の娘は、二藍を騙る男に利用されたという。先日斎庭に火災を起こした娘もそうだった。もしかしたら、黍《きび》の娘を殺したのもこの男なのかもしれない。

男の狙いははっきりしている。兜坂国《とさかのくに》を滅ぼそうとしているのだ。それも付け火の件から考えて、玉央《ぎょくおう》の属国と化す道は望んでいない。あくまで玉盤神の神命による滅国を引き起こそうとしている。

(いったい何者だ)

号令神《ごうれいしん》と『的《まと》』を巡る攻防に携《たずさ》わる何者かなのか。だがわからない。なぜその者は、わざわざ二藍のふりをして娘たちをたぶらかしたのだ。

──いや。


鮎名のこめかみを脂汗《あぶらあせ》が伝い落ちる。

(そもそもそれは本当に、二藍を『騙る』男なのか？)

二藍本人ではない確証が、どこにあるのだ？

と、

「なにがありました」

まさにその二藍の声が耳を打って、はたと鮎名は顔をあげた。

瞳に布を巻いた二藍が、千古《ちこ》に連れられやってくる。鮎名はしばしあってから告げた。

「……お前の名を騙る男が、恐ろしい企《くわだ》てを為していたようだ」

「どのような企てです」

鮎名は口の端《は》に力を入れた。二藍に告げてよいものか。

そんなふうに迷う自分が嫌になる。

(こんなときあの娘ならば──綾芽ならば、迷わず二藍を信じてやれるのだろうに)

「わたしは桃危宮に戻る」

結局鮎名は、そう答えるに留《とど》めた。二藍に明かすわけにはいかない。

「……承知いたしました。尾長宮に手をお貸しできることはございますか」

鮎名の意図を察したのだろう、二藍も重ねて問いはせず、自分自身ではなく尾長宮としての助力を申し出る。

「常子をしばし休ませてやってくれ。夫の右大将《うだいしょう》が宿直《とのい》で鶏冠宮《けいかんぐう》に参じているようなら呼びよせてほしい。そして常子が目覚めたら、ともに桃危宮に参じるよう伝えろ」

「御意《ぎょい》」と二藍は素直に頭《こうべ》を垂れた。

目をとじている常子を千古に預けて、鮎名は立ちあがった。床を見つめる二藍の脇を足早に通りすぎながら、その横顔にふと目をやった。

思わず目を見開いた。

二藍は、素直に頭を垂れてなどいなかった。口元は歪み、力が入っている。鮎名に信頼されない悔しさが、瞳が覆《おお》われていてもなおわかるほどはっきりと表れている。

それは、かつての二藍であれば絶対にしない表情だった。二藍が誰かの前で生々しい感情を顔に出したためしなどなかった。だから鮎名はこの王弟《おうてい》が信じられなかったし、そもそも二藍自身が、信じられようなどと考えていなかった。

『それでもわたしはあなたを信じる』と告げる綾芽が現れるまでは。

鮎名は二藍の脇をゆきすぎる。

つと立ちどまって短く命じた。

「二藍、お前も桃危宮に参じろ」

背後で二藍が驚きに顔をあげたのが、衣擦《きぬず》れの音でわかった。

「……よいのですか？　わたしは蟄居《ちっきょ》の身、さらにはこの目が――」

「構わない、わたしが許す。今はひとりでも多くの信じうる者の知恵を借りたい」

庭の篝火《かがりび》がぱちりとはぜる。

やがて二藍は、さきほどまでとはまったく違う、熱の籠《こ》もった声音で告げた。

「承知いたしました。疾《と》く桃危宮に参じましょう。この目ではひとり歩きもままならぬゆえ、先導の者を見つけ次第すぐに参ります」

「探す必要はない。わたしが連れていってやる」

鮎名は早足で戻り、二藍の濃紫《こきむらさき》の袖《そで》を引くと返事も待たずに歩きだした。

「なにがあったかは牛車《ぎっしゃ》で説明する。すぐにお前の意見が知りたい」

＊

牛車のうちで鮎名の話を聞いた二藍は、しばらく言葉を失った。

「五十もの神を、勝手に招いていた？　……まことですか」

「常子の様子を窺《うかが》うにまことだろう。わたしはあんなに取り乱す常子をはじめて見た」

鮎名の声は昏《くら》い。そうだろう、と二藍はうつむいた。常子が倒れるのも道理だ。もうすぐ年が変わる今、招くことのできる神の数に余裕はほとんどない。

最悪の場合、この国はもう滅国を避けられない。

「常子が先日から気にしていた、斎庭《ゆにわ》に鳥獣やら蟲《むし》やらが多いという話、聞いているか」

「はい。山枯れにより飢えた獣が斎庭におりてきたのでは、との話でしたね」

「わたしも常子も、山枯れを起こすような祭礼の失敗が見過ごされているか、または何者かが禁苑の山を枯らして斎庭を苦しませようとしていると考えていた。……それが間違いだった」

鮎名はぽつりと言った。

「お前の名を騙る男が禁苑の山を枯らしたのは、我らの目を逸《そ》らすためだったのだ。我らはまんまと男が画《かく》したとおり、山が枯れたせいで斎庭に鳥獣が増えたのだと思いこんだ。だが真実は違った」

「増えた鳥獣やら蟲やらの中には、神が交じっていたのですね。それも普通の獣と区別がつかない、神位の低い神が大量に」

「男はそのような神を選《え》りすぐり、娘たちにひっきりなしに招かせていた。そうして我らが気づかないうちに大量の神を招き、一年に招ける神の総数を超えさせようとした。定神の怒りを導こうとした。……我らの国を滅国させようとした」

鮎名は唸《うな》るようにつぶやいた。見えずともわかる。鮎名は自分を責めている。ここに至るまで敵の策略を悟れなかった自分を殴りたいほど怒っている。

「わたしが至らぬばかりに、そのような恐ろしい企てを見つけだせなかった。利用される娘を出してしまった」

「あなただけの責めではありません。気がつかなかったのも、娘たちをとめられなかったのも、我ら斎庭を担《にな》うみなの落ち度でありましょう」

鮎名だけではない、二藍も自分が許せなかった。『的』を巡る攻防に気をとられていた。己の身を破滅させる企てばかりを警戒していた。まさか同じ玉盤神といっても号令神ではない定神の理を利用して、兜坂を滅国させんとする者がいるとは思いもしなかった。

「それに娘が非違を犯したのは、わたしを名乗る者に見いだされたと信じたがゆえ。そのような幸運がありえると信じさせていたわたしの責任です」

「だがそうしてお前が育てた娘に、我らは何度も救われた」

　ふたりとも黙りこむ。

　牛車が向きを変えた。車は鮎名の居所《きよしょ》、桃危宮に入ったらしい。

「先日殺された厨司《くりやのつかさ》の娘も、おそらく同じ男に利用されて神を招いたのだろうな。こぼした黍の粉に蟻《あり》をたからせたせいで、粗相《そそう》に気がつかれたと聞いたが」

「実際は因果《いんが》が逆だったのですね。娘はあえて黍を床に撒《ま》いた。蟻の神をもてなすために、神饌《しんせん》として黍を用いた」

　だろうな、と鮎名は息を吐いた。

「であればこの黍の娘も、そして年始に焔《ほむら》の神を招いて死んだ娘も、他にもいくらか神を招いていたかもしれない。だがこのふたりからはもう話は聞けない。お前の偽者が殺してしまった。それも太刀《たち》で一閃《いっせん》、切り捨てた」

「……それがどのような男なのか、見当はついているのですか」

「いや。常子もなにも言っていなかった。だがすくなくとも厨司の娘は外庭《とつにわ》で殺されたから、斎庭《ゆにわ》と外庭に協力者がいるのだろうな」

ふたりは再び、どちらともなく口をつぐんだ。玉央の間諜《かんちょう》の生き残りか、それとも。

重苦しい沈黙のなか、牛車はとまった。

「お待ちしておりました、妃宮。すべての女官に、非違を犯したのなら今すぐ申し出るよう触れを出しておきましたよ」

出迎えた高子は、佐智の伝言どおりにことを進めてくれていた。

「まったく、由々《ゆゆ》しき事態となりましたね。春宮、あなたさまはそちらの御簾の向こうに坐《いま》しませ。妃宮、尚侍《ないしのかみ》の具合はいかがですか」

大君の許しも得ずに尾長宮を出てきた二藍の座を、高子は当然のように用意した。

「常子は大事ないだろう。高子殿、迅速《じんそく》なる触れまわり、感謝する」

「当然の責務でございますよ。すぐに斎庭中にゆきわたるでしょう」

「申し出る者がいるだろうか」

「焦っても仕方ありません、まずはじっくりと待ちましょう」

高子はいつもどおりの態度を崩さない。おかげで二藍も鮎名もすこし息をつける。高子の言うとおり、今は辛抱《しんぼう》するしかないのだ。

だが刻《とき》が進み、ひとり、またひとりと死罪を免《まぬか》れようとする娘が桃危宮を訪れるにつれて、場は重く沈んでいった。

たっぷり一刻待って、名乗りでたのは三名。みな官位の低い、神招きのありようをまだよく理解していない若い娘だった。

この三名が合わせてどれほどの神を招いたかによって、兜坂の行く末は定まる。もし招くことのできる数を超えていれば、正月になれば必ず、この国は滅国する。

「三名とも、二藍さまを名乗る男にそそのかされて神を招いたと申しております」

佐智が告げると、「わかった」と言ったきり、鮎名は床を睨《にら》んで黙りこんだ。

やがて身を引きずるように立ちあがる。

「娘たちはわたしが詮議《せんぎ》する。いったい幾柱の神を招いたのか、尋《たず》ねてくる」

鮎名の声は掠《かす》れて、強《こわ》ばっている。

「わたくしどももご一緒いたしましょう」と見かねた高子が声をかける。だが鮎名の決意は固かった。

「妃宮として斎庭を預けていただきながら、娘たちが非違を犯すのを気づかず、とめられもしなかった。これはわたしの責めだ。まずはわたしが、ひとりで受けとめねばならない」

そう言って、執務殿を出ていった。

「……では仰《おお》せのとおりにいたしましょう」

高子はつぶやき座りこんだ。その昏《くら》い声を聞いてはじめて、気丈《きじょう》にふるまう高子も深く打ちのめされているのだと二藍は気がついた。

しん、と執務殿は静まりかえる。喉《のど》が塞《ふさ》がれたような心地だった。待つのは苦手だ。焦《しょう》燥《そう》が身体の内側で膨《ふく》れあがり、暴れだし、どうしてよいのかわからなくなる。

鮎名は戻らない。代わりにぽつりぽつりと、執務殿を人が訪《おとな》いはじめた。常子とその夫である右大将、左大臣《さだいじん》をはじめとした外庭《とつにわ》の上つ御方。

最後には大君までが姿を見せる。

大君は高子の奏上《そうじょう》を耳にすると、「そうか」と言ったきり、御簾の奥で黙りこんだ。

「……だが、まだ滅国と決まったわけではなかろう」

大君は噛みしめるように繰りかえす。

「まだ決まったわけではない。そうであろう、二藍」

二藍は声につまり、やっと答えた。

「仰せのとおりです」

そうだ。この兜坂が滅国すると、滅びを避けられぬと定まったわけではない。

――今はまだ。

誰もが目をつむり、両手を握りしめ、押し黙って、ただただ自分に言い聞かせる。

長い長い四半刻ののち、耳が痛いくらいに静かだった執務殿にざわめきが起こった。

鮎名が戻ってくる。

国の命運を胸に抱えて帰ってくる。

二藍はいてもたってもいられず、御簾のうちで袖を噛みしめ、けっして声をださぬようにして、目隠しをとった。鮎名の姿を探した。

灯火が揺れている。

鮎名が簀子縁を渡ってくる。目にもあやなる装束の色が、御簾の向こうに透けている。

女官が廂《ひさし》と母屋《もや》を仕切っている御簾を巻きあげる。

鮎名は大君の御前に進みでた。いつもどおり胸を張り、まっすぐに前を向き――しかし表情を見た誰もが察した。

鮎名が持ち帰ったのは、悪い知らせだ。

「大君」

繧繝縁《うんげんべり》に座す大君を認めると、鮎名はつぶやくようにその名を呼んだ。

それきり、言葉が出なくなった。

「申してみよ」

大君は、場違いなほど穏やかな声で促《うなが》した。鮎名は唇を噛み、目を潤《うる》ませる。

しかし次の瞬間には眉根をきつく歪め、空《くう》を睨んで口をひらいた。

「申しあげます。非違を犯した娘三名を尋問したところ、娘らは合わせて八十四の神をひそかに招いておりました。さきに雨神を荒れさせた掃司《かもりのつかさ》の采女の五十を加えれば百と三十四、さらに先日儚《はかな》くなりました厨司《くりやのつかさ》の女孺《にょじゅ》がすくなくとも一は招いているはずですので、それで百と三十五」

「我らが今年、招くを許された神は残りいかばかりか」

「それは」

鮎名は言葉を切った。奥歯を嚙みしめ顔をあげ、大君を仰《あお》ぎ見て告げた。

「これから招くはずであったすべての神を招かなかったとして、百と二十九」

執務殿は静まりかえり、鮎名の声の残響だけが揺らいで消える。

百と二十九。

定神の怒りを買わずにすむ神招きは、あとそれだけ。

だが娘たちは――百と三十五の神をすでに招いてしまった。

「……つまりは、もはやどのように足掻《あが》こうとも、定神の怒りは避けられぬ。年が明けて定神が斎庭を訪れたとき、我らは必ず滅国の神命を下される、というわけか」

静まりかえった場に、大君のつぶやきが落ちる。

正月になり定神が検めれば、必ず理《ことわり》からの逸脱を咎められる。

理を守れなかった罰として、滅びを宣告される。

どうやっても避けられない。

「わたくしの責めでございます！」

鮎名が額《ぬか》ずき、悲痛に叫んだ。

「娘たちが非違を犯していると気づかず、正しき道を示すこともできなかったのは、すべてはわたくしの不徳のいたすところ。いかような罰もお下しください」

鮎名は首をさしだし、ひれ伏し続ける。

誰も声をかけられない。

兜坂は滅びるしかないのか。本当に、悪夢ではなく。

しかし、ひとり大君は立ちあがった。御簾を自ら巻きあげて、鮎名の前に膝をつく。そしてその背に手を置いた。

「そも斎庭はわたしのものだ。お前の不徳は我が不徳。滅国を招いたのは誰でもなくわたしだ。ゆえに最後の刻まで我が妃宮であり続けよ。斎庭のみなみなも、最後の刻までわたしを支えよ。よいな」

鮎名の表情が歪む。鮎名はこの事態を招いた自分が許せない。だが大君をおいて死ぬような自分は、それ以上に許せないのだ。

やがて鮎名は眉間に深く皺《しわ》を刻み、「御意」と絞りだした。

「必ずわたくしどもは、務めを全《まっと》ういたします。最後までお仕《つか》えいたします」

「それでよい」

大君は静かな声で告げ、鮎名の背をさすった。

それから一転、厳しい声で続ける。

「だが鮎名よ、まだ最後に思いを馳《は》せるには早い。まずは娘どもをそそのかした男を必ず捕らえよ。我が弟の名を騙り、無知なる娘の憧《あこが》れを利用し、もてあそび、我らを滅びに突き落とした男を、わたしは断じて許せぬ」

鮎名は顔をあげ、潤んだ瞳に怒りを滾《たぎ》らせてうなずいた。

「思いは同じでございます。必ずや下手人《げしゅにん》を探しだし――」

あっと小さな悲鳴が響いた。

常子の声だった。見れば常子は目を見開いて、口元を押さえている。まわりにせわしなく視線を向ける。

誰かを探している。

「……どうした」

右大将が気遣わしげに尋ねた。それでも常子は答えない。答える余裕もないように、瞳を左右に揺らしている。

いったい誰を探している――と二藍は考えて、全身を巡る血が冷えてゆくのを感じた。そうだった。常子は、禁苑の霞宮《かすみぐう》から戻ってきたのだった。人定めの儀が行われていた、綾芽がいたはずの――

「尚侍《ないしのかみ》、綾芽はどこだ」

袖で顔を隠して口早に尋ねる。

答えを待つのももどかしく袖の陰から垣間《かいま》見れば、常子は愕然《がくぜん》とした表情でこちらを見やっていた。

「尾長宮には、戻られていないのですか」

「……おりません」

二藍の代わりに、佐智が答える。

「桃危宮にもおられないのですか」

今度は高子が眉を寄せた。

「参上されておりません。そもそも綾《あや》の君《きみ》は、斎庭《ゆにわ》に戻っているのですか？　霞宮で留守を守っているものと思っておりました」

「いいえ」

常子は放心したようにつぶやいた。

「雨神を荒らした娘が、今宵《こよい》二藍さまを騙っていた男と会う約束があると申したのです。男の正体を明らかにする絶好の機会だと、逃すわけにはいかないと、綾芽は娘とともに尚《なおの》大神《おおかみ》にまたがり、男のもとへ向かいました」

「それは、いつのことだ」

二藍は掠れた声で問うた。

「もう、二、三刻は前かと……」

「探しにゆけ！」

鮎名が叫んだ。すぐに千古《ちこ》や舎人《とねり》が駆けてゆく。

二藍は呆然と御簾の模様を見つめていた。次第に怒りがふつふつと沸きあがり、己を殴りたくてたまらなくなった。

（尚侍が戻ってきた時点で、なぜ気がつかなかった）

大雨で荒れた禁苑をくだり、危険を冒《おか》して斎庭に帰ってくる。それは普段ならば常子ではなく、綾芽こそが担う役目だ。

だがそうならなかった。綾芽を頼れないから、常子自身が決死の覚悟で鮎名のもとを目指すしかなかったのだ。

その違和感に気がついていれば。

心臓が早鐘を打つ。二藍は目をつむって耐えた。きっと無事だ。どんなときもあの娘は、窮地《きゅうち》を切り抜け道を示してきたではないか。二藍のもとに戻ってきたではないか。

だがそうして希望に縋る心の裏で、焦りと悔いが膨らんでゆく。

綾芽は無理をしたのだ。あえて危険に突っこんでいった。そうさせたのは二藍だ。二藍が綾芽に立てと言ったから、そばにいてほしいと頼んだから、綾芽は努めを果たさねばと考えた。

（つまりはわたしが――）

激しく胸が波うち、かっと身体が熱くなる。抑えようと必死に息をつめたときだった。

風が御簾をはためかせ、人々はざわめいた。

もしや、と顔をあげた二藍が見たのは、綾芽ではない。

たなびく白銀の毛。二藍と同じ、朱色の双眸《そうぼう》。

「……尚大神」

「久しぶりね」

冗談めかした白狼に、二藍は衝《つ》き動かされるように問いかけた。

「綾芽は一緒か」

「途中まで一緒だったわ」

「今はどこにいる、お前は友を守ってくれたのだろう？」

どうかそうだと言ってくれ。

「残念だけど、そのときは一緒じゃなかったのよ。でも大丈夫、そんな顔をしなくてもいいわ。ちゃんと伝言は預かっているから」

「……綾芽からか」

いいえ、と尚は言った。そして器用に脚を伸ばして二藍の肩に乗せ、双眸を覗《のぞ》きこんだ。

「わたしを招きもてなし、『本物の二藍さま』への伝言を願った子からのものよ」

＊

――なんの役にも立たなかった。

雨と、己の流した血が混じり合った水に浸《ひた》り、頬を冷たい土に押しつけて、真白《ましろ》は涙していた。

斬られた真白を助けようと飛びだした姉を、二藍を名乗る男は『あやめ』と呼んだ。虚を衝《つ》かれた姉を捕らえて、牛車で去っていった。

真白の胸から、濃紫《こきむらさき》の香袋だけを取りあげて。

死にかけの真白だけを残して。

真白はなにもできなかった。『よくも騙してくれたな』と男に言ってやれなかったどころか、姉の手助けも、犯した罪の償《つぐな》いも、姉を守るという役目すら果たせなかった。

真白はただ、姉を危険に招き入れただけだ。足手まといになったのだ。

そうして今、寂《さび》しく死のうとしている。

なにも為せず、誰のためにもならぬまま、消えてしまおうとしている。

「わたしなんて、斎庭にこなければよかったのよ」

涙声が、誰もいない小路《こうじ》へ落ちる。

土台真白には、斎庭で栄達する才などなかったのだ。父母の期待に応《こた》える行く末は、はじめからなかった。それが薄々わかっていたからこそ、姉と那緒《なお》の友情に憧れていた。うらやましくて、妬《ねた》ましかった。

鼻を明かしたかった。証明したかった。わたしこそが真に才ある、望まれた娘なんだと知らしめたかった。

だが結局、真白ごときにはやはりなんの才もなかった。那緒のように国を救うために命を捧《ささ》げる行いもできなければ、姉のごとく、国を背負う上つ御方に望まれもしない。いてもいなくても同じだった。いないほうがよかった。そうすれば父だって、はじめから姉の才を認めて伸ばし、心から応援し、送りだしただろうに。姉はあれほど惨《みじ》めな思いをしなくてすんだだろうに。

「生まれてこなければよかった……」

涙が頬を流れてゆく。もはや拭う力すらない。

死ぬのだ。

このまま死ぬ。誰にも看取《みと》られず、せめて最後に残った、この身が為せる唯一の努めすら果たせず――

「泣いたってなにも変わらないのよ」

声がした。遠い記憶に残る、懐《なつ》かしい声だ。

幻聴かと思った。それか、死んだあのひとが真白を迎えに来たのかと。だがそうではないのだと思い出して、真白はとじかけていた瞼《まぶた》をどうにか再びひらいた。

路《みち》の中央で、なにかが淡く光っている。月明かりを受けて、自ら輝きを放つかのようにきらめいている。

それは、白き狼の姿をした神だった。

「那緒さん……」

「ねえ、看取ってあげましょうか？」

狼は音もなく真白に近づき、その瞳を覗きこんだ。

「それとも、わたしに頼みごとでもあるかしら？」

「頼み……あります、あります！」

真白はなけなしの力を振り絞り、必死に叫んだ。

「どうかお姉さまを助けてください！　わたし、あの男の正体がわかったのです！　あなたなら、那緒さんならば、お姉さまを救えるでしょう。どうかお願いです」

これだけが、真白に遺《のこ》された精一杯の努めだ。たったひとつの罪滅ぼしだ。

だが、

「残念だけど、わたしは助けにはゆけないのよ、綾芽の妹」

と尚は言った。

「……なぜです」

「だってわたしは神だもの。禁苑と斎庭、そしてわたしの座す地たる奩《くしげ》の岩山以外では、こんなふうに確かな形はとれないものなの。綾芽は斎庭の外に連れていかれちゃったでしょ？　だからわたしには助けられないのよ」

真白は口をあけしめして、それからぐったりと頬を土に押しつけた。

「そう、ですか」

だったらもういい。もうどうでもいい。音が遠くなる。視界が霞《かす》んでゆく。

だが尚は、執拗《しつよう》に真白の頬を舐《な》めあげた。

「ちょっと、諦《あきら》めるのはまだ早いわよ。確かにわたしは助けにいけない。でもあなたの伝言を、あの子の信頼する人々に伝えることならできるわ」

薄く目をあけた真白に、ただし、と尚は釘をさす。

「あなたが祭主として、わたしを招くのならだけど」

「あなたを、招く……」

祭主として、神招きする。

「……できません」

真白は涙声になった。「わたしはそもそも、勝手に神を招くという大罪を犯したのです。そのために死ぬのです。これ以上同じ罪を重ねれば、お姉さまは絶対に許してくださいません。そのような非違を、春宮妃《はるのみやひ》さまはお見すごしにはなりません」

「なに言ってるの。今は罪やら非違やらなんてどうでもいいでしょ」

「ですが」

「じゃあこう言い換えましょうか。あの子があなたの立場なら、迷わず招くでしょうね」

「……お姉さまは迷われませんか」

「ええ」と尚は胸を張った。「そういう子でしょ？　あの子」

真白はなんとか笑みをつくろうとした。

そう、姉は迷わない、こんな愚かな真白と違って。

「やだ、なんで目をつむっちゃうの。ここまで言ったのに、わたしを招こうとすらしないで死ぬつもり？」

「わたしには、神を正しくお招きする才も知恵もないのです」

「勝手に五十も招いておいて言うものね。充分才はあったでしょ」

「でも、お姉さまや那緒さんにはとても及ばず……」

「あのねえ、ああいう国を背負うような人と自分を比べてどうするの？　そんなのがふたりも三人も朱野《あけの》の邦《くに》にひしめいていたら驚きよ」

と尚は呆《あき》れ声で言う。

「あなた、あの人たちのそばに生まれたのが不幸だったわね。ものさしがくるっちゃったのよ。あの人たちみたいじゃないから、自分がちっぽけだと思ったのかもしれないけど、あなたは普通の女官の中ではかなり出来がいいほうじゃない？　ずっと努力してきたんだって、すぐにわかるもの」

「……まことですか?」

「本当よ。神は嘘を言わないわ」

真白は目を丸くした。その瞳から涙が溢《あふ》れた。

那緒が憎かったのだ。ずっと憎たらしくて許せなかった。姉ばかり見ている那緒が憎くて、那緒ばかり見ている姉が憎かった。真白を見てほしかった。褒《ほ》めてほしかった。

そんな幼い執着が、ようやく溶けていく。

姉に認めてもらえる女官になる夢は、ついぞ叶《かな》わなかった。

けれど那緒が最後に真白を認めてくれた。褒めてくれた。

(それにお姉さまは、大好きと言ってくださった)

嬉しかった。これでいいと思った。

ようやく心の虚《うろ》が埋まったような気がした。

「あなたは血をいっぱい流した。わたしへの供物《くもつ》に充分よ。だから拙《つたな》い神招きでもいい。願いを聞き届けてあげる」

尚の声音が耳朶《じだ》を震わせる。その響きに背を押され、真白は勇気を出してささやいた。

「やってみます」

知恵も資格もない。笑ってしまうほど拙い祭礼に違いない。

だが真白にとって、これは最初で最後の、本物の神招きだ。自分ではなく誰かのために、誰かを想って招く、まことの神招きだ。

寒い。凍《いて》ついて身が震える。口が動かない。力を振り絞り口上を述べる。

「……兜坂の斎庭が掃司《かもりのつかさ》の釆女、朱野の真白が畏《おそ》れかしこみ申し奉《たてまつ》ります」

瞬《まばた》きのたび、眦《まなじり》を涙が滑り落ちてゆく。

「那緒の狼よ、美しき白狼の姿の神よ。どうかわたしの伝言を、届けてくださいませ」

「いいわよ」と軽やかに尚は答えた。「いったい誰に届ければよいかしら」

真白はすこし考えた。ぼやけて白んでゆく頭の隅で思いを巡らせた。

誰に頼めばよいのだろう。誰なら姉を、なにより大切にしてくれるのだろう。一生そばに寄り添ってくれるのだろう。

「那緒さん」

「なに?」

「……春宮さまは、お姉さまを心より大切にしてくださっておりますか」

ついに相まみえずに終わった、まことの二藍。

尊《とうと》き身の上として生を享《う》けた男は、北の小邦生まれの姉を軽んじてはいないだろうか。

隣に妃として立たせておいて心は向けないような、冷たい仕打ちをしていないだろうか。

あの、直視できないほどまっすぐな姉の瞳を曇らせてはいないか。

「心配しなくて大丈夫よ」

と尚は笑って、真白の目尻に浮かんだ玉の涙を舐めとった。

「それだけは、全然心配しなくていいのよ。二藍は、綾芽がいないと生きてゆけない男だもの。あのひと、綾芽が大好きよ」

そうか、だったらいい。

「でしたら那緒さん、『本物の二藍さま』にどうかお伝えください。お姉さまを連れ去ったのは――」

真白の口が小さく動き、身体から力が抜ける。

口元に耳を寄せていた尚大神は、ゆっくりと身を起こした。

「確かに承《うけたまわ》ったわ。二藍にちゃんと伝えておくわね」

返事はない。それでも尚は、倒れた娘に語りかけた。

「……よい神招きだったわね、真白」

そして尻尾をなびかせ走り去っていった。

＊

頭が痛い。殴られたからだ。だがなぜ殴られたのだったか。

ぼんやりと思っていた綾芽は、はっと瞼をひらいた。ひらいたとたん、二藍の笑みが目に飛びこんでくる。

否《いな》、二藍の姿をした見知らぬ男が、薄ら寒い笑顔で綾芽を見おろしている。

「ようやく目が覚めたか？」

「……お前は誰だ」

綾芽は身体をひねり、どうにか身を起こした。胸の前で手首を縛られている。節々が痛い。どうやら袋を被《かぶ》せられたあと、気を失ってここに連れてこられたらしい。幾重《いくえ》にも巡らされる几帳《きちょう》に囲まれた、薄暗い室《へや》。広く立派な屋敷だが、人の気配はほとんど感じられない。

この場にいるのは二藍の顔をした男と綾芽、ふたりだけ。

「誰、とな。わたしはわたしだろうに」

男はせせら笑い、綾芽の頬に手を添えようとする。綾芽は勢いをつけて顔を背《そむ》けた。

「触れるな。お前は二藍さまじゃない。真白はどこだ」

「真白？」

「お前が利用して、捨てた娘だ！　さっきお前が……お前が斬った娘だ！」

ああ、と男は目を細めた。

「思い出した、あの娘か。今ごろ事切れているだろう」

「ふざけるな！」

かっとなって綾芽は挑みかかった。だが男はいとも簡単に綾芽の縛られた手首を摑んで引き寄せる。

「なにをかっかとしている。このまたとない機会を逃す気か？」

「またとない？　なんの話――」

鼻先が触れ合うほどに近づいて、綾芽は息をとめた。

「口づけしてやろうか。ずっと望んでいたのだろう？」

「……お前は二藍じゃないと言っている」

「意地を張るな。今のわたしならば、口づけばかりではない。お前が望むことはなんでもしてやれる」

男はなめらかに、唄うようにささやく。二藍の声を綾芽の耳に注ぐ。二藍の瞳で綾芽を見つめる。

綾芽は息を呑んで、それからわずかにためらい、目を逸らした。

「……なんでもか」

「そう、なんでもだ」

「だったら、抱きしめてほしい」

「抱きしめるだけでよいのか？」

男は笑いを漏らして綾芽の手を放した。もったいぶった仕草で袖を広げ、綾芽の背に腕を回す。

その瞬間、綾芽は懐に隠し持っていた笄子《かんざし》を指先で引き抜き、男目がけて振りあげた。

尖《とが》った笄子のさきが円を描き、男の頬を傷つける。血が流れ、男は声をあげて綾芽を突き飛ばした。

綾芽は背中から几帳に倒れこんだ。布が引きちぎれ、したたか背を打ちつける。弾《はず》みで笄子が手を離れ、音を立てて床を転がった。

激痛が走る。だが立ちあがらねば。必死に身を起こすと、頬から血を流した男が綾芽を見おろしている。怒りで血走った瞳を凍らせながら、口元だけをつりあげている。

「なんと粗野な女か。背《せ》の君《きみ》の顔に傷をつけて、心が痛まないのか？」

綾芽は動じず、身構えながら言いかえした。

「お前は二藍じゃないから痛むわけがない」

「よくも違うと言い切るものだ」

「揺さぶろうとしても無駄だ。お前は自分が二藍にそっくりだと思っているが、全然似ていない。その顔は似て非なるものだ」

夜の暗がりの下では二藍自身にさえ見えたが、よく見れば違和感がある。これは二藍の顔そのものではなく、鏡に映した顔だ。真白たちは騙せても、誰より二藍のそばにいる綾芽を謀《たばか》れはしない。

「それにもしお前が本物の二藍だったとしても、わたしは必要とあれば刃《やいば》を向ける。二藍を救うためならば、わたしはあのひと自身を殺すことだって厭《いと》わない」

ほう、と男は片眉をあげた。

「つまりは、わたしと同じか」

「……なにが同じだって言うんだ」

「あの御方のためならば、その命をも奪う覚悟があるのだろう？　わたしも同じだ」

男は、にこりと微笑んだ。

「わたしもあの御方のために、あの御方を殺そうとしているのだよ」

息をつめる綾芽の眼前で、男は身をかがめ、落ちた笄子を拾いあげる。

笄子に刻まれた銀の鶏《にわとり》と菖蒲《あやめ》の飾りを一瞥《いちべつ》すると、そのまま腕を頭のうしろへ回して、あたかも紐《ひも》を切るかのように動かした。

「はじめから、こんな仮面ごときでお前を騙し通せるとは思っていなかった」

白い紙切れが、男の顔からはらりと剝《は》がれ落ちる。

男の顔から二藍の面影《おもかげ》が消え失せて、別の目鼻立ちが現れる。

別の、しかしよく似た――

「お前は」

その正体を悟り、綾芽は言葉を失った。

喉がからからに渇《かわ》いて、身体から力が抜けてゆく。

信じられない。信じたくない。この男が為したのか。真白や娘たちを騙して死に追いやり、斎庭《ゆにわ》を、国を危機に陥《おとしい》れたのか。

――あなたが元凶と知れば、あのひとは深く悲しむだろうに。

「久方ぶりだな、尾長宮付き女嬬の梓《あずさ》。いや、『綾の君』と呼ぶべきか」

男は唇を裂けんばかりにつりあげた。

それは二藍の弟宮《おとうとみや》、治部卿宮《じぶきょうのみや》の有常《ありつね》だった。

*

「……有常が？」

瀕死の娘が託した伝言を耳にした二藍は、尋ね返すのが精一杯だった。

あの弟が、すべてを為したというのか。二藍のふりをして娘たちを騙し、利用し、もはや滅国が避けられないまでに国を追いつめたというのか。

「なぜだ。なぜ有常が、そのような企てに手を染めた」

二藍ばかりでなく、御簾の外で聞いている大君や鮎名、上つ御方のみなみなも言葉を失っている。なぜ、まさか、と誰もが立ちつくしている。

ひとり尚だけが世間話をするように続けた。

「理由はわからないわね。真白が聞いたのは一言だけだったそうだもの」

もがく綾芽を随身《ずいしん》たちが牛車に押しこんだのを見届けたあと、倒れ伏した真白の懐から、男は自らが下賜《かし》した濃紫《こきむらさき》の香袋を奪った。そしてあざ笑うようにつぶやいたという。

「――こんなものひとつで、わたしを兄君と信じるとは愚かな娘だ、って」

「……そうか」

濃紫の裂《きれ》であつらえた香袋。確かに二藍が、有常に贈ったものだ。

黙ってしまった二藍に、「まあ」と尚はあっけらかんと言った。

「わたしは真白の言ったとおりに伝えてるだけ。それが真実かはわからないわよ」

「娘が嘘をついていることもありえると言いたいのか」

「あなた次第ね。というよりあなたがどちらを信じたいか、かしら。わたしに伝言を託した真白か、告発されたあなたの弟か」

どうする、と尚は問いかけてくる。

(……どちらを信じたいか、か)

二藍は口を引き結んだ。

＊

「――菖蒲《あやめ》の花は好きか、などと突然尋ねてきたのだよ。それでもしやと泳がせてみれば、案の定だった。朱野《あけの》のあやめ、つまりは『綾の君』と、あの娘は繋がっていたわけだ」

有常は頬から血を流したまま、綾芽の笄子《かんざし》をもてあそんでいる。握りしめ、丸柱に打ちつける。切っ先が柱にめりこみ音を立てる。

「しかし、兄君がひた隠しにしていた春宮妃がかような田舎娘《いなか》だったとはな。しかも兄君の女嬬であった梓でもあるではないか。あの騒乱のおり、十櫛《とくし》の横やりになど惑わされずに兄君へ突きだしておけばよかった。そうすれば」

有常はもったいぶった仕草でもって、濃紫の香袋を取りだし柱にあてがう。右手を振りかぶり、勢いをつけて袋の腹に綾芽の笄子を突き刺した。

ざ、と乾いた音とともに磔《はりつけ》にされた濃紫の袋は、力なく垂れる。

「……なぜだ」

綾芽は尻餅《しりもち》をついたまま、じりじりと後じさってつぶやいた。

「なぜあなたが、このような妄挙《ぼうきよ》に及ぶ必要がある」

有常が真白たちを騙したのだ。二藍の姿で近づき、二藍に贈られたであろう香袋で信じこませ、栄誉を餌《えさ》に、禁じられた神招きに走らせた。

そして用済みとなったら殺し、顧《かえり》みもしない。

「なぜ娘たちを殺した。なぜ非違を犯してまで神を招かせた」

「春宮妃を名乗る者が、その程度もわからぬのか？」

「……本当に祖国を滅ぼすつもりか。本気なのか」

「本気に決まっておろう」

有常の声には嘘も動揺の欠片《かけら》もない。冷たく尖《とが》った視線だけが、綾芽を刺し貫《つらぬ》いている。

「なぜだ」

綾芽は食ってかかった。

「あなたは王族だ、大君の弟だ！　それがどうして自分の国を滅ぼす」

「さて。当ててみるがよい」

「……まさか玉央に心を売ったのか？　王弟でありながら、玉央の手引きをしたのか？」

嫌悪が湧きあがる。

だがそうとしか考えられない。さきほどまで、この男は二藍になりすましていた。用いていたのは、八杷島《やはじま》の秘宝である伎人面《ぎじんめん》にも似た特異な品だ。そんなものを有常に与えられる国はただひとつ。

「そういえばお前は、無名《むみょう》という名の玉央の商人を召したことがあったと聞いた」

有常は二藍を崇拝していた。そして神ゆらぎである自身を厭《いと》う二藍を諭《さと》そうと、無名なる商人に知恵を求めた。

「だけど無名は、玉央以外の『的《まと》』を破滅させるために玉央が遣《つか》わした男だった。あなたはそう気づいていたのに、都に招き入れた」

廻海《めぐりのうみ》のそれぞれの国が擁《よう》する『的』のうち、はじめに神と化してしまった者の祖国に、号令神は滅国を宣言する。

だからこそ、自国の『的』を守り、他国の『的』を陥れようと廻海の国々は熾烈《しれつ》な駆け引きを繰り広げている。暗躍する者もあとを絶たない。かつての羅覇《らは》や、綾芽が八杷島で殺した隠来《いんらい》のように。

無名もまた、そのような者のひとりだった。けっして都に招いてはならぬ男だった。なのに有常は、知識ほしさに二度も招き入れた。

「お前は無名を殺したと言ったそうだけど、嘘だったんだな。本当は今も無名は生きているんだろう！　そしてお前にその仮面を授けて——」

「犬のようにわめき散らすな」

有常は柱に刺さった笄子《かんざし》を力まかせに抜きながら、ぞっとするほど冷ややかに告げた。

礫にされていた香袋が、支えを失い床へ落ちる。

力尽きたように綾芽の足元に打ち捨てられる。

「わたしが玉央に心を売るわけがなかろう。心を売らぬためにこそ、わたし自ら手を汚し、祖国を滅国させるのだ」

「……意味がわからない。無名と結んで国を滅ぼそうとしていたんじゃないのか」

玉央の官位を得て、国が滅んだのちに登用されるつもりだったさきの大納言《だいなごん》のように。

「笑わせるな。この国は我が血族が脈々と治めてきた国ぞ。なにが愉《たの》しくて玉央にくれてやらねばならない。王弟であったわたしが、玉央の官位などで喜ぶとでも？」

有常は笄子《かんざし》を再び柱に突き刺した。刺しては抜き、刺しては抜きを繰りかえす。まるで誰かをめった刺しにしているかのように。

「……よってわたしが無名を手にかけたのは事実だ。確かにあの男を殺してやった。わたしを利用し、我が国を陥れようと画策《かくさく》していた男を手打ちにした。だが」

と落ちた紙の仮面に瞳を向ける。その横顔から感情がずるりと抜け落ちてゆく。

「──だがわたしが殺した無名は、本物の無名ではなかった。仮面を被り、己は無名であると心術で思いこまされていた、赤の他人だった」

無名の顔をした、無名ではない男だった。本物の無名に操られ、利用されていただけの別人だった。

綾芽の脳裏に、その光景がまざまざと浮かびあがる。

太刀を浴びせられて倒れた男の顔から、はらりと紙が剝がれ落ちる。現れたのは、今しがた斬った男とは似ても似つかない顔つきの男。

息を弾《はず》ませた有常は、愕然と太刀を取り落とす──。

「無名はわたしの心を読んでいたのであろうな。聞きたいことさえ聞きだせば、玉央の者など切って捨てる、わたしがそのような男だと知っていた」

だから身代わりを送りこんだ。

「それはかりかあの男は、心の底の底まで見通していた。わたしの心の臓を握っていた」

言いながら有常は、傍《かたわ》らの几《つくえ》から一冊の冊子《さつし》を取りあげて、綾芽の前へぞんざいに投げてよこした。書名が記されていただろう表紙は破り捨てられている。有常がくしゃくしゃに握りしめたのか、ほうぼうに皺《しわ》が寄っている。

「……これはなんだ」

「死んだ偽者の懐から出てきたものだ。怒りのあまり破り捨てたが、本来表紙にはこうあった。――『もう遅い』」

昏い瞳が綾芽を睨《ね》める。

「なにが遅いのだと、わたしは急《せ》かされるように冊子をひらいて戦慄《せんりつ》した。なにが記されていたと思う？　そこには無名が――本物の無名がわたしに宛てた嘲笑《ちょうしょう》が並んでいたのだ。本物の無名は――いや無名という名ですらない、『隠来』なる名の玉央の神ゆらぎは、はじめからわたしを利用する気だった。隠来は、はじめて会ったときにすでにわたしに心術をかけていたのだ！　わたしの意志も心もそのままに、身体は隠来の命《めい》にけっして逆らえぬ心術をな」

「隠来……」

「わかるかわたしの絶望が」

有常は冊子を足蹴《あしげ》にして片膝をつき、綾芽の首に笄子《かんざし》の切っ先を突きつけた。

「隠来が戻ってくれれば、わたしは必ず彼奴《きやつ》の思うがままに動かされる。玉央の思惑《おもわく》どおりに、我が国を滅ぼす策略の先鋒《せんぽう》とされる。それだけはならぬ、ならぬのだ。玉央の思いどおりになどさせぬ。我らが国の行く末は、我らが決めねばならぬ」

肌に笄子のさきが食いこむ。ぞくりと寒気が背を走り抜ける。声にならない声が漏れる。

――国の行く末は、我らが決めねばならぬ。

そう信じた男が、なぜ真白たちを利用して祖国を滅びへと追いこんだのだ。

いや違う、この男は国の行く末を自分で決めるために、真白たちを利用した。

「……お前は玉央に手を下されないうちに、自ら国を滅ぼそうとしたのか?」

そんな愚かな真似のために、真白は犠牲になったのか?

「そうだ」

と有常は歯を剝《む》くように笑う。

「隠来は、知らぬ間に心術をかけていた。わたしを手駒に加えていた! そのような恐ろしき男が暗躍している玉央に、我ら知恵なき兜坂が太刀打ちできるわけがない。神ゆらぎがなんたるかも知らなかった無知なる我らは、利用されるのみだ」

　ゆえに。

「玉央に滅ぼされぬうちに、わたしの手で国を滅ぼすと決めた。どうせ殺されるのならば、せめて己《おの》が意志で死にたいものであろう？　玉央ではなくわたしが国の行く末を定めるほうが、幾分かましであろう？」

「それでわざわざ、祖国が滅ぶように仕向けたっていうのか……」

「愚かとでも？　愚かなのはお前だ。どちらにせよ我が国の滅びは避けられぬ」

　そうではない。綾芽は全身から力が抜けてゆくのを感じた。

　有常は、殺される前に死を選んだ。

　そんな悲惨な決意があるだろうか。あってよいものか。

「……あなたは妄動に走る必要なんてなかったんだ」

「なにを申す。わたしは王族だ。国を背負い立つ者だ。この国の行く末を決めるにふさわしい。お前にはその重責などわからぬだろうが——」

「そんなのどうでもいい」

　綾芽は呆然と遮った。「隠来を恐れて先走る必要なんてなかったって言ってるんだ」

　それは、まったく意味がない決意だった。

なぜならば。

「隠来はもう死んだ。わたしが殺したんだ。だからあの男は兜坂に二度と戻ってこない、あなたを操り手駒にもしない。絶対に」

この王弟が為したことは、まったくの徒労だった。滅ぼされる前に滅ぼす必要なんてはじめからなかった。来るはずの者は、すでに死んだのだから。

有常の頰から笑みが抜けていった。わずかにひらいた口はわなないている。

綾芽は、有常が泣くのではないかと思った。己の過《あやま》ちを悟り、慟哭《どうこく》するのではないかと。

だが。

「……だからなんだ」

男の唇から出てきたのは、信じがたい一言だった。揺れていた瞳には、いまやはっきりと嘲《あざけ》りの笑みが浮かんでいる。

「構わぬよ。隠来が死んだとして、どちらにせよいつかこの国は玉央に呑まれる。隠来を使い捨てにできる国になど、太刀打ちできぬことに変わりはない。だからよいのだ。これでよい」

「……なにを言っている」

「話を戻そう、愚かな春宮妃」

と有常は、綾芽の喉元に突きつけた笄子《かんざし》を握る腕に力を入れた。

「わたしは確かに、神の総数を超えさせ定神の怒りを招くようにことを運んだ。だが定神ごときの罰を受けて滅ぶ末路などは求めていない。望みでもなんでもない」

「……どういう意味だ」

「わからぬか？」

瞳を爛々《らんらん》と輝かせて笑いだした有常に、はじめて綾芽は恐怖を覚えた。

有常は定神による滅国が避けられないところまで国を追いつめた。だが定神による滅国は望んでいない。つまりは――

まさか、この男は。

綾芽は瞳を震わせ仰ぎ見た。

「……お前は二藍を破滅させようとしているのか。二藍を神と化させて、号令神を国に招くつもりか」

必死に抗《あらが》っている実の兄を、国を滅ぼす元凶に仕立てあげようというのか。

「二藍さまと呼べ、婢女《はしため》」

有常は蔑《さげす》むように吐き捨ててから一転、にこやかに綾芽の目を覗きこみ猫なで声で続けた。

「破滅ではない。兄君は神としてあられるこそが、本来あるべきお姿なのだ。だが人としての兄君はさまざまなしがらみに囚《とら》われ、理《ことわり》が見えなくなっておられる。ゆえに」

有常はもったいぶった仕草で綾芽の喉に突きつけていた笄子《かんざし》をしまいこみ、代わりに金色に輝く小さな粒を取りだした。

綾芽は呆然とつぶやいた。

「神金丹《みまが》……」

見紛《しんこんたん》うはずもない。鈍《にぶ》い金色のそれは、神金丹だ。神気の薄い神ゆらぎに心術をかける力を与え、ただびとが口に含めば死に至らしめる秘薬。

それを有常は指につまんで灯火にかざし、うっとりと目を細めている。

「――ゆえにわたしは、兄君の手助けをしてさしあげる。我が国がどのみち滅ぶと知れば、さすがの兄君とて、誰の記憶にも残らぬつまらぬ行く末よりも、己が神と化して祖国を滅ぼし、自らとこの国を廻《めぐりのうみ》海の記憶に永劫《えいごう》刻みつける道を選ばれるだろう」

「そんな……そんなわけがあるか！」

頭に血がのぼる。怒りが胸の底からこみあげる。ようやく理解した。この男は二藍を神と化させたかったのだ。そのためだけに国を追いこんだ。真白たちを利用した。

だが思いどおりにゆくわけがない。

「お前の思うとおりになどならない。絶対にならない。定神に滅ぼされるくらいなら、いっそ自分が滅ぼす？　馬鹿げている。そんなふうに二藍が考えるわけがない！」

二藍が選ぶはずがない。

だが綾芽の怒りになど目もくれず、有常はうっとりと神金丹を眺め続ける。

「いや、兄君はその道をお選びになるだろうよ」

と思えば表情を消し、金色の粒をひょいと口に入れた。綾芽の目の前で、有常の喉はごくりと動く。ただびとが呑めば死ぬ劇薬を飲みくだしてゆく。

「なにを……」

綾芽は唖然と口をあけ、すぐにはじかれたように叫んだ。

「なにをしている、死ぬ気か！　自分勝手に死ぬなんて許さ——」

ふいに有常が振り返る。

綾芽の目を見つめて命じた。

「お前の身はわたしのものだ。口を慎め、あやめ」

その瞳は、赤く染まっていた。

＊

真白と有常。

どちらを信じるべきか、二藍はわずかなあいだ迷った。

綾芽の義理の妹真白は、かつては綾芽と那緒の友情をやっかみ、綾芽の足を引っ張ったという。そして今は非違に手を染め、国の滅びに手を貸したに等しい。

その娘が告発した二藍自身の実の弟は、綾芽と出会う前から唯一、二藍の味方であると公言していた男。

もし真白を操る何者かが有常に罪をなすりつけていたとしたら。真白が姉への当てつけに、大嘘をならべていたとしたら。

真白からの伝言は信じうるものなのか、判断できるものさしを二藍はなにも持たない。

（――いや）

二藍は顔をあげ、白く輝く毛並みの狼に問いかけた。

「『那緒』よ、教えてくれ」

朱色の双眸で、同じく朱に染まった人ならざる尚の瞳を見つめる。

「なにかしら」

「真白はお前に、綾芽についてどう語った」

二藍は確かに真白を知らない。だが真白と二藍はまったくの見知らぬ者同士ではない。綾芽が繋いでいる。綾芽が教えてくれる。

そうね、としばし考えた尚は、おかしそうに身をくねらせた。

「そういえばあの子、あなたが綾芽をちゃんと幸せにできてるか気にしてたわ。だからわたし、心配はいらないわよって答えてあげたの。あなたは綾芽が大好きだからって。嬉しそうな顔をしていたわね、あの子」

「そうか」

二藍はいっとき目をつむった。瞼の裏に、三人の娘の影が浮かびあがる。綾芽、那緒、そして真白。朱之宮《あけのみや》の陵《みささぎ》の裾野《すその》に生きた娘。二藍の見も知らぬ景色を見、感じたことのない風に吹かれていた娘。

「……よくわかった」

二藍は袖を払い、改まった。最大の敬意をもって尚に拝礼を捧《ささ》げた。

「尚大神《なおのおおかみ》よ。我らが斎庭《ゆにわ》の女官たる、朱野の真白の神招きに応じてくださり感謝する。綾芽は必ず取りもどすゆえ、ご安心召されよ」

尚は数度瞬《まばた》くと、満足げに低く唸《うな》った。そして「頼むわよ」と尻尾を振って去っていった。

二藍は立ちあがる。頭のうしろで布を強く引き結んで目を隠し、御簾の外で固唾《かたず》を呑んで待つ人々へ声をかけた。

「大君、我らが弟有常に、捕吏《ほり》をさしむけることをお許しください」

「尚大神がお伝えくださった娘の言を、信じるのだな」

「はい」

「ならば許す。差配せよ」

二藍はうなずき、かしこまった右大将へ命じた。

「検非違使《けびいし》と衛府《えふ》の選りすぐりとともに、治部卿宮《じぶきょうのみや》邸へ向かえ。屋敷を取り囲み、有常にこう申せ。わたしが直接お前と話をするゆえ、斎庭に参じよ。もし我が妃をいくばくかたりとも傷つけようものなら」

二藍は短く息を吸った。

「綾芽を傷つけようものなら、お前の切なる願いはけっして叶わぬものと思え」

有常がなんのためにこのような暴挙を働いたのか。

なぜ国を滅亡寸前まで追いこんだのか。

二藍にはわかっている。あの弟がここまでして望むものなどひとつしかない。

あの男は二藍を、実の兄を神と化させようとしている。なにが滅ぼうと永劫残る、神という名の理《ことわり》に変えようとしている。わかっていたのだ。

（それでもわたしは信じたかった）

わずかな望みに懸《か》けたかった。理解してほしかった。

だがこうなれば是非《ぜひ》もない。

二藍が守るべきは、心をかけるべきは有常ではない。国であり民《たみ》であり、この場のみなであり、今ごろ有常と必死に対峙しているだろう、友であり妻なのだ。

二藍の命《めい》を拝した右大将と舎人《とねり》たちが駆けてゆく。その足音が聞こえなくなると、鮎名が一言呼んだ。

「二藍」

それだけだ。それでも二藍は、鮎名の言わんとするところを悟った。

鮎名の声のほうへ、わかっておりますと首肯《しゅこう》する。両の目を隠したまま、見渡すようにゆっくりと首を巡らせる。

見えなくとも、そこには信じうる者がいると知っている。

大君、鮎名、高子、妃たち。佐智や常子、女官たち。左大臣や外庭《とつにわ》の貴族すらも。

みな、安心して託せる輩《ともがら》だ。

だからこそ二藍は胸を大きく広げて、通る声で告げた。

「みなさまに、お話がございます」

誰もが二藍を信じて待っていてくれるはずだ。

あの娘を支えてくれるはずだ。

＊

突然、喉がつまったようになった。

身を強ばらせ、口をあけてはとじる。それから綾芽は真っ青になった。

声が、出ない。

なぜだ。有常が命じたとたんに声を失った。どうはねのけようと打ち払えない。

これはまるで――

（心術だ）

いやまさか、そんなわけがない、有常は神ゆらぎではなくただびとだ。心術なんて使えないはずだ。

そう自分に言い聞かせながら顔をあげた綾芽は、絶望した。

有常の瞳は真紅《しんく》に染まっている。

であればこれは、間違いなく心術なのだ。声が出ないのは、綾芽の身体が有常の命に屈してしまったからだ。

「わたしは兄君を心から敬愛している。その尊き身の上を崇《あが》めている」

喉を押さえ、ずるりと座りこんだ綾芽を一瞥もせず、有常は再び綾芽の笄子《かんざし》を手にとった。くるりくるりと裏に表に回しながら、にこやかに口をひらく。

「ゆえにわたしは、なぜ兄君が神ゆらぎであるご自分を厭うておられるのか理解できなかった。愚かなる者どもが、神ゆらぎは恐ろしい、忌《い》むべしと目を逸らすゆえか？　馬鹿らしい。兄君は下々《しもじも》の戯《ざ》れ言《ごと》など気にされる必要などなき御身《おんみ》であるのに」

有常が笄子を回すたび、嵌《は》めこまれた銀の飾りが輝く。片面には銀の鶏、もう片面は菖蒲の花。二藍が綾芽のためにあつらえた、綾芽を想って贈ってくれた、ふたりの絆《きずな》の証がくるくると交互に光を散らす。

「兄君に目を覚ましていただきたかった。だからこそわたしは、わたしだけは兄君の味方だと、苦しまれる必要はないのだと、ことあるごとに申しあげて励ました。兄君は選ばれし希有《けう》なる御方なのだと。理の神が、神命と同じ力である心術の業《わざ》を兄君に与えたのは、ただびとを率いさせるためなのだと」

有常は笄子《かんざし》をもてあそぶのをやめ、尖った先端へ指を滑らせる。

「兄君は頑《かたく》なであられた。わたしがなにを申しあげても、人として生きたいというお気持ちを捨てられず苦悶されていた。身の半分は人であるゆえに、人の理屈に縛られてしまうのだな」

もどかしかった、と有常はつぶやいた。

「それでも根気強くお支えするつもりだった。そうすればいつかは、兄君もご自分のあり方こそが至高と気がつかれるに違いないと信じていた。だが――」

有常は瞳だけを綾芽に向けた。

「動くなあやめ」

うっすらと朱色に変じた双眸が、まさに立ちあがり反撃しようとしていた綾芽の動きを封じこめる。

綾芽は抗《あらが》おうと全力で身をねじった。汗が流れる。だがどれだけ念じても目を逸らすことさえ叶わない。もう綾芽は物申《ものもうし》ではないから。肝心なときに、なんの役にも立たないから。

「――しかしどれほど真心を向けようと、兄君のお心は変わらぬ。いや、変わってはならぬほうへと変わってゆき、ついには認めがたいお言葉をくださった」

——わたしは人になりたい。どんな困難な道のりであろうと、希望を失いたくはない。

——だからもう、わたしを神として崇めてくれるな。

「先年の夏の出来事だ。覚えがあるだろう？　あやめ」

綾芽はうなずかなかった。うなずくことすらできなかった。

だがはっきりと覚えている。先年の夏。二藍はあのころ、己の真なる願いを追い求めると決めた。願っても叶わぬと諦めていた、人として生きる夢を必ず摑みとると決意した。

綾芽と二藍は約束した。

ともに生きる未来を手に入れるのだと。

「答えぬのか？　いや答えられぬか」

有常は鼻で笑い、言葉を続ける。

「それからしばし経ったころ、兄君が鍛戸《しょくにん》に短刀づくりを命じているとわたしは知った。『綾の君』に贈るものに違いないと気づいたが、はじめはたいして気にかけてもいなかった。形ばかりの妻にも、短刀くらいは下賜するだろう」

神ゆらぎたる二藍が春宮として立つには、祭祀を代行する妻が要《い》る。『綾の君』は祭祀のために用意された、形ばかりの妻だと有常は思っていた。

「だが鞘に忍ばせる笄子《かんざし》まであつらえさせたと知ったとき、わたしは疑念を抱いた。笄子など、これみよがしに女好みの派手なものを贈ればよい。なぜ短刀になど忍ばせる?」

有常は、手のうちの銀色を眺める。

「わたしは鍛戸《しょくにん》のもとに赴き、兄君が特別にあつらえさせたという笄子を目にした」

銀の鶏に、菖蒲の花。

地味ながらも手の込んだ、美しい細工がほどこされた逸品《いっぴん》。

「兄君は、こと菖蒲の花にこだわったという。凛々《りり》しく気高《けだか》い、眩《まぶ》しき姿に彫るように命じたという」

有常は動けぬ綾芽の前で、袖をゆっくりと払った。銀の笄子を握った手を、綾芽の鼻先にさしだす。笑みを浮かべて綾芽を見ている。目を逸らしたいのに、逸らせない。

「わたしは疑念を抱えたまま、できあがった笄子と短刀を兄君のもとへ持参した。わたしが短刀を持ってきたと知り複雑そうな顔をされた兄君はしかし、品をひとめご覧になるやその目元を和《やわ》らげられた」

二藍は満足げな顔で刃を確かめると、鞘を手にとり、笄子を引き抜いた。

「……その刹那の兄君の表情に、わたしはすべてを悟った」

ぞっとするほどやわらかに微笑んだ有常は、綾芽の手首を縛った縄を解き、縄の痕《あと》がついた両手に笄子を握らせた。

「わたしはお前が憎い。お前が兄君を誤った道へ導いた。神たる己に背を向けさせた」

そうだろう？

笄子を摑んだ綾芽の腕を、有常は綾芽自身の首元へ押しやる。切っ先が喉へ食いこむ。

まるで、喉をひと突きして自害しようとするように。

——やめろ。

綾芽は叫びたかった。

——今すぐこんな真似はやめろ！

声は出ない。喉に笄子を突きつけた自分自身の腕も、わずかたりとも動かない。

「次にわたしが命じれば、お前は自分の喉を突いて死ぬ」

無情な声が、綾芽の心を刺し貫く。

「兄君はお前がなにより大切なのだろう？　お前はあの御方を殺せると豪語したが、あの御方は違う。お前を殺せない。ならばお前の命と引き換えに、今度こそわたしの願いをお聞きになる。神としての己をお受けいれになる」

やめてくれ、どうかそれだけは。

なにひとつ思いどおりにならないのに、声すら出ないのに、涙だけが溢れる。

そうだ、二藍は綾芽を殺さない。綾芽と国の存亡を天秤《てんびん》にかけたとしても、綾芽も国も助けて自分が死ぬ道を選ぶ。そういう男だ。

だが今だけはその道はない。二藍が神と化せばすべてが助からないのだから。

(だったら二藍は、必ず国を選ぶ)

いまだ定神の罰がくだると完全に決まったわけではないのなら、二藍は綾芽を捨てて国を選ぶ。できないことを無理に為す。そして苦しむ。綾芽を殺してしまったのは自分だと苦悩のうちに生を終える。

(そんなのは嫌だ)

心術を解かなければ。人質になるわけにはいかない、この窮地を脱して、有常を捕らえねば。有常の心術は心までを縛るものではない。ならば破れるはずだ。今まで幾度だってそうしてきたではないか!

だがどれだけ願っても、心術を打ち破る力は戻らない。二藍のくれた笄子《かんざし》を、ほんのすこし遠ざけることすら叶わない。

なんの力も持たない涙だけが、頬を伝い落ちてゆく。

「さて、迎えが来たか」

にわかに外が騒がしくなる。涙をこぼして自分の喉に切っ先を食いこませている綾芽を満足げに眺めていた有常は、随身を呼んだ。

「我が屋敷は取り囲まれたか」

心術で操られているのだろう虚《うつ》ろな目をした随身が、平淡な声で報告する。

「はい。右大将が、桃危宮へ参じるようにとの春宮の令旨《りょうじ》を携えております。その際には、春宮妃も必ずお連れせよ、そうでなければ治部卿宮の願いは叶わぬ、と」

「無論連れてゆく」

有常は嬉々として立ちあがり、にこりと言った。

「さあともにゆこう、あやめ」

第六章　そのひと、去る

もし、と二藍《ふたあい》は考える。

もし有常《ありつね》の企《たくら》みに、もっと早く気がついていたら。

もし二藍が、綾芽《あやめ》の身のうちの神毒《しんどく》に耐えられず神と化していたら。

もし綾芽が、隠来《いんらい》に神毒を呑まされていなかったら。

もし……。

いくらでも別の行く末はあった。よき行く末もあれば、すでに今ごろ兜坂国《とさかのくに》が滅び、この斎庭《ゆにわ》が廃墟と変わっていた未来もあっただろう。

かつて目にした、誰もが死に絶え、血にまみれた斎庭を思い出す。

夢現神《むげんしん》がつくりだす『夢のうち』。祭主《さいしゅ》の身に訪れるかもしれない数多《あまた》の行く末のなかで最悪の未来。

夢現神の祭主として『夢のうち』と化した桃危宮《とうきぐう》に閉じこめられた者はみな、二藍も、綾芽も鮎名《あゆな》も、同じような末路を見た。

打ち壊され、血が流れ、人が死に、しまいには廃墟となった神招きの場が広がっていた。

あれは、どの『もし』のさきにある未来だったのか。

瞳を覆《おお》った布の内側で、二藍は祈るように瞼《まぶた》をとじた。

(願わくば、わたしの考えるとおりであれ)

「二藍さま」と佐智《さち》の声がする。「治部卿宮《じぶきょうのみや》が、桃危宮を訪れたようです」

「……来たか」

桃危宮の中心、白砂《しろすな》の庭に臨《のぞ》む拝殿にて倚子《いし》に腰掛け、弟の訪《おとな》いを待ち構えていた二藍は顔をあげた。

「綾芽は」

「無事です、が――」佐智はしばし言いよどんだ。「笄子《かんざし》を、喉《のど》に突きつけさせられているようです」

「……心術か」

「おそらくは」

動揺を隠せない佐智に、「予期していたことだ」と二藍は言った。

「有常は、無名《むみょう》が残した神金丹《しんこんたん》でも呑んで心術を用いているのだろう。やはり王族とは、わずかばかりでも神気をまとっているものなのだな」

「ですが――」

「案じずともよい。あの娘はわたしが、そしてあの娘自身が救う」

二藍は倚子から立ちあがった。

大君《おおきみ》や外庭《とつにわ》の貴族には、万が一のときのために外庭へ退《しりぞ》いてもらった。背後の拝殿《はいでん》には、鮎名をはじめとした斎庭の上つ御方と、女舎人《おんなとねり》がひそんでいる。その誰に告げるわけでもなく、それでいてみなに宛てたように、二藍はつぶやいた。

「それでは、また」

これ以上は必要ない。すでに伝えるべきことは伝えてある。

佐智の先導で、目を覆ったままに階《きざはし》をおりる。白砂の庭へ立ち、かしこまっている千古《ちこ》へ命じる。

「有常を、我がもとへ」

弟とは、二藍が決着をつける。

やがて「お連れ申しました」と千古の声が門のほうより響いた。二藍は布の下から垣間《かいま》見る。

拝殿を巡る回廊の門前に、確かに有常が立っている。笑みをたたえて佇《たたず》んでいる。隣には、蒼白になっている綾芽がいた。両手で二藍が贈った笄子《かんざし》を握りしめ、自分の喉に突きつけている。こんなふうに人質として利用される自分に、心術を打ち払えない自分に絶望している。

その頬には、涙が幾筋も流れている。

二藍は奥歯を噛みしめて、再び瞳を布で覆う。そして近づくように命《めい》を下した。

砂利を踏む音がして、やがて静かになる。有常は綾芽を伴い、白砂の庭の中ほどまで足を進めたようだった。

息を吸いこみ、声を投げかける。

「心術で人をいいように操るのは心地がよいものか、有常」

ややあって、「ええ」と上ずった声が返ってきた。

「わたしごときが神の力の片鱗《へんりん》を味わえるとは、無名が遺《のこ》した玉央《ぎょくおう》の知恵を得るまでは思いもよりませんでした」

「その力を誇示するために、わたしのふりをして斎庭の女官たちをたぶらかしたのか。我が妃《きさき》を人質にとるような、愚かな真似を働いているのか」

「まさか。心術を使えたとして、わたしはやはりただびとに過ぎません。兄君が生まれながらにお持ちになった力とは似て非なるもの。ですが兄君にご決断をいただくためになら、用いてもよいかと考えました」

「わたしに、なにを決断せよと」

「しらばくれないでくださいませ。わたしがなにを望んでおりますかおわかりでしょう」

「おおよそは」

「ならばお選びなさいませ。このままでは我が国は、玉盤神《ぎょくばんしん》が一柱《ひとはしら》、定神《じょうしん》に滅国《めっこく》させられます。すべてが塵《ちり》となりなにひとつ残りませぬ。であればせめて兄君だけでも、神としてこの廻海《めぐりのうみ》にとこしえに君臨なさいませ。我らの在《あ》りし日の足跡を、後《のち》の世に伝えるよすがとなってくださいませ」

「そのような選択を迫るために国を陥《おとしい》れるとは愚かな」

二藍は冷たく吐き捨てた。

やはり有常は、二藍を神と化させようとしている。

正月を迎えれば、定神がやってきて非違を咎《とが》めたて、兜坂に滅国の神命《しんめい》を下す。国はどちらにしろ滅ぶ。ならば二藍だけでも残るべきだ。神となって、もはや二藍ですらないものとなって。

そう選択を迫っている。

「わたしはお前に心底落胆した。どちらかの道しか許されぬのは、そもお前がそのように仕向けたからであろう」

「ならば兄君は、我が国が滅ばぬ道があったとでもお考えですか？」

「当然」

まさか、と有常が乾いた笑いを漏《も》らした。

「玉央は恐ろしい国です。どれだけ抗《あらが》おうと、たとえ号令神《ごうれいしん》のさだめを回避しようと、いつか必ず兜坂はあの国に呑まれます。ただの属国となり果て、長い年月ののちには名も文化もなにもかも失い、この地にひとつの国があったことすら民《たみ》は忘れてしまうでしょう。兄君はそのような滅びをお望みか？　わたしは嫌です。どちらにせよ滅ぶなら、せめて滅ばぬものを遺したい。変わらぬものを、理《ことわり》を」

二藍は、ようやくこの弟を理解した気がした。

「……そうか。お前は、けっして失われぬものがほしかったのだな」

誰しも消えるのは怖い。忘れられるのが恐ろしい。国は滅び、人は死に、なにもかもが移り変わってゆく。

なくならないのは、変わらないのは、理だけだ。

「ようやくわかっていただけましたか！　そうです、わたしは変わらぬものがほしい。我らの生きた証《あかし》を未来永劫《えいごう》伝えるものが。兄君も同じように思われることがございますか」

「無論ある。わたしは神ゆらぎだ。変わらぬ理に惹《ひ》かれるようにできている」

「ならば今度こそお考えを改めてくださいますね。その御身《おんみ》は、なにより理に近きもの」

とわに生きることさえ叶《かな》うもの。

「兄君が神としてあり続けられる限り、兜坂国の名はけっして滅びない。忘れさられる日も来はしない」

さあ、と有常は声を弾《はず》ませる。決断を促してくる。二藍の脳裏に、目を輝かせて走り寄ってくる、幼き日の弟の姿がまざまざと蘇《よみがえ》る。

その声が二藍を呼ぶのを聞くのが好きだった。心が楽になった。受けいれがたい自分という化け物を、すこしは許せる気がした。

今の有常は、あのときと同じ声をしている。

「……お前はいつも、わたしを慕《した》ってくれたな」

「当然です！　兄君はなにより尊き御方。厭《いと》う者どもが間違っていると何度も申しあげましたでしょう。おかわいそうに、兄君の人としてのお心は、ただびとに惑《まど》わされ苦しまれ続けた。ですが愚か者どもなど捨て置けばよかったのです」

「なるほど」

と二藍は小さく笑った。

「わたしは今まで間違いを犯してきたのだと、ここに至ってはっきりと悟った」

目をとじ、耳を塞《ふさ》いでいた。切り捨てられず、見捨てられず、望みを繋ぎたかったのだ。

だが、終わりにしよう。

「ようやくおわかりいただけたのですね。そうです兄君、あなたの真価を知らぬ者どもの訴えに、耳を傾ける必要などなかったのです」

「それでお前は、わたし自身の声さえ無視してきたのだな」

穏やかに、しかし刃《やいば》を腹に沈みこませるように口にすると、有常が息をつめたのがわかった。

「……兄君、ここまで申してもご理解いただけませんか。あなたに世迷《よま》い言《ごと》を吹きこんだこの女が来るよりまえ、いまさら理解者のふりをしている斎庭《ゆにわ》の女どもがあなたさまを厭うていたころから、わたしは、わたしだけは兄君の味方でしたでしょうに。こんなにもわたしは、御身をお慕いしているのに！」

「理解できぬ。理解したくもない」

「兄君！」

「お前とて知っているはずだ。お前が慕っているのは、わたしの神としての半身であろう。ここにいる、人として生きたいと願うわたし――」

二藍は己《おのれ》の胸に手を置いた。

「この、人としてのわたしではない」

信じたかった。憧《あこが》れも敬愛の念も、二藍自身に向けられるものだと思っていたかった。

だが違う。この弟が崇《あが》めていたのは二藍ではない。

「お前は人としてのわたしになど、はじめから、すこしばかりも興味がなかったのだ。そして今となっては、いつまでも己の考えを受けいれず、それどころか人として生きたいなどと言いはじめたわたしを、殺したいほど憎んでいる」

わずかな間《ま》があった。やがて有常は低く返した。

「……だったら、なんだというのです」

声から明朗さが消える。冷ややかな、蔑《さげす》むような調子に変わる。

「わたしの心を詳《つまび》らかにして、こうであると説いて、勝ったつもりなのですか？　事態はなんら動きませんよ。わたしは『あなた』を心から敬愛している。神として君臨されるのが正しいお姿だと信じている。ゆえにわたしは必ず、あなたを神とする」

決然と言い切る様を見て、二藍ははじめてこの弟を哀れだと思った。

「お前は、己が真に望んでいたものさえわからなくなってしまったのだな」

どれだけ二藍を憎もうと、神としてのありようを崇拝しようと、有常は王族として生まれ育った男だ。祖国が滅ぶ末路など願ってはいなかっただろうに。

さきほどだって、祖国の永遠を求めていると自《みずか》ら口にしていただろうに。

「あくまでわたしを愚弄《ぐろう》するのですね」

有常の声音が一段と低くなる。

「わたしはいつでも、あなたの妻に喉を突かせられるのですよ。わたしが一言命じれば、この娘は諾々《だくだく》と従うでしょう。己の手で、兄君が贈られた笄子《かんざし》で喉をひと突きにするでしょう。さすればあなたはどうなりますか？　絶望する。絶望して神と化す。そのような終わりをご所望《しょもう》か」

「……お前を愚弄などしてはいない」

「ならばお選びなさいませ。あなたが国を滅ぼすか、定神に滅ぼされるか」

再び有常は選択を強《し》いる。もはや歩み寄る余地はない。

――ならば、ゆかねばならないのだろう。

できることならばもう一度、綾芽とふたりで話をしたかった。綾芽の背を押してやりたかった。二藍の背を押してほしかった。それだけが心残りだ。

（だがきっと、わたしの想いは伝わる）

必ずや伝わる。

だから二藍は心を決めた。足を踏みだす決意をした。

「確かにわたしには、道はひとつしか残されていないようだ」

「神と化される道を選ばれたと、そのようにとってよろしいか」

「とるがよい」

有常の口から、声にならない声が漏れる。

「そうですか。ならばせめてどのように神と化すかくらいは、人としての兄君に選ばせてさしあげますよ。神金丹を呑むもよし。心術でわたしを殺し、代償に神気を溢《あふ》れさせるもよし。あなたの妻が自害する様を目《ま》の当たりにして、絶望なされる道も残されておりますよ」

二藍はひとつ息をついて、目を覆った布をゆっくりと取り去った。

有常がかっと見開いた目をこちらに向けている。だがそんなものはどうでもよかった。

二藍は、有常の背後に立ちすくんでいる娘だけを見つめた。

娘は、綾芽は泣いている。自ら喉に突きつけた笄子《かんざし》を握りしめて震えている。事態をすこしも変えられない自分に憤《いきどお》って、心の底から絶望している。

お前が悪いわけではないと言ってやりたかった。ここに至ってしまったならば、誰にもどうすることもできない。二藍は選ぶしかない。

これは変えられない道なのだ。人ごときには火を噴く山をどうにもできないように。神を招き、鎮《しず》め、これ以上悪くなってくれるなと願うしかないように。

だから嘆《なげ》かずとも、泣かずともよい。そう慰《なぐさ》めてやりたかった。

(だが言えぬ)

泣くなとだけは、けっして口にできない。

これから二藍は、散々に綾芽を泣かせるのだから。

「では選ぼう、有常よ」

二藍は口をひらいた。

「しかしながらわたしが歩むのは、お前が示したどの道でもない」

二藍が去るのは、神金丹の神気に呑まれるわけでも、心術に人の身が耐えられなくなったあげくでもない。無論、綾芽の死によって絶望するつもりも毛頭ない。

「……ならばどうなさる」

決まっているだろう、と二藍は一息に告げた。

「わたしは、我が妻を救って神と化す」

泣いていい。

思う存分泣いてほしい。泣けぬ身の二藍にとって、綾芽が流してくれる涙はどれだけ救いだったか。

そして気がすむまで泣いたら、再び立ちあがってほしい。

――そういうお前を、わたしはなにより眩《まぶ》しく思う。

＊

我が妻を救って神と化す。

二藍がそう告げたとき、なにを言っているんだ、と綾芽はまず思った。

そんなふうに二藍が言うわけがなかった。神と化せば、号令神が兜坂を訪れる。国が滅ぶ。人としての二藍が死んでしまう。

嘘だ、と考える。思いこもうとする。嘘だと言ってくれ。

だが綾芽を見つめる二藍の朱色の瞳は、真実だと告げていた。

――だめだ、屈さないでくれ！

声にならない声で必死に叫んだ。正月まではまだ刻《とき》がある。綾芽を人質にとられてこんな選択を迫られなければ、国を救う方法はきっと見つかる。

だから綾芽は切り捨ててくれていい。今の二藍ならば、綾芽が死んだくらいですぐさま絶望なんてしない。綾芽の命を引き換えにしたからこそ、なにがなんでも国を守ろうとする。それでいい。綾芽と国を天秤《てんびん》にかけたなら、国を選んでくれていい。

なのになぜ、自分が神と化して国を滅ぼす道を進むのだ。

両手に懸命に力を入れる。この心術を解かねばならない。足手まといになる。綾芽のせいで、今度こそすべてが終わってしまう。

だが両手はぴくりとも動かない。

どれだけ祈っても、叱咤《しった》しても物申《ものもうし》の力は戻らない。

「片方が目を合わせられず、もう片方が声を出せぬままだと不便で仕方ないな、綾芽」

言うや二藍は、再びその目を綾芽に向けた。瞳は鮮血のように染まっているが、まなざしはやさしい。

やめてくれと叫びたかった。そんな目でわたしを見ないでくれ。

だが目を逸《そ》らせない。『白羽《しらは》の矢』を持つ者の赤い瞳が綾芽を捉《とら》える。二藍は迷わず綾芽に向かって足を踏みだす。

その口がひらかれる。『白羽の矢』が、発する言葉を心術に変える。

「お前はすべてお前のものだ」

とたん喉に突きつけていた笄子《かんざし》が火箸《ひばし》のように熱を帯び、綾芽は小さく悲鳴をあげてそれを手放した。

――悲鳴をあげられ、手放せた。

解放されたのだ。

そう気づいた瞬間、心の叫びが声となってほとばしる。

「やめろ、心術を使うな！」

心術を用いれば神気が増す。二藍の身は耐えられなくなる。神と化してしまう。

しかし二藍は、この程度では痛くも痒《かゆ》くもないとでも言いたげだった。綾芽に近づくのをやめようとはしなかった。

そこではじめて綾芽は、二藍が言った『妻を救う』の真意を悟った。

二藍は、綾芽の身にひそむ神毒を引き受けようとしている。

その代償に、神と化そうとしている。

「来るな！」

綾芽は後ずさり、真っ青になって叫んだ。「そんなことをしたら号令神がやってきて、国が滅ぶ！　あなたも死ぬ！」

「死なぬ」

二藍は逃げだそうとする綾芽の袖《そで》を捕らえた。そのまま強く引き寄せ、抱きしめた。

「号令神は来る。必ず来る。だが国は滅ばぬし、わたしも死なぬ」

「なに言ってるんだ」

綾芽はがむしゃらにもがく。逃げなければ。二藍から離れなければ。だが放してくれない。殺しかけてしまったときの絶望が蘇る。あのときと同じく、二藍は綾芽を逃さぬように強く背を抱いている。

あのときと違って、己の意志で抱きしめている。

「二藍、放せ、放してくれ！」

「よく聞け綾芽、これしか言えぬ」

暴れる綾芽の額《ひたい》に、二藍は自分の額を押しつけた。はっと綾芽は動きをとめる。これほど近くに互いがあるのははじめてだった。

二藍も同じく思ったのが額ごしに伝わって、そして二藍は苦しそうでいて、しかし満足げな吐息《といき》を短くつくとともに告げた。

「わたしはお前を待っている。だから呼んでくれ」

つぎの瞬間、二藍の瞳から光が漏れはじめる。

「二藍！」

綾芽は我に返り、むちゃくちゃに腕を振るった。そんな綾芽をしかと胸に抱いたまま、二藍は天を仰《あお》ぎ、食いしばった歯のあいだから絞りだすように声を張る。

「夢現神《むげんしん》よ、我がもとへ降りられよ！」

とたん二藍の瞳が、闇を塗りこめたように黒く染まった。身体から力が抜け、頭がうしろにがくりと傾《かし》ぐ。綾芽は目を見開いて、今の今まで逃れようと、押しやろうとしていたその身体へと必死に腕を伸ばした。引き戻そうとした。

そのあいだにも、闇に沈んだ二藍の瞳の上を神光《しんこう》が覆ってゆく。瞳ばかりでなく、頬も額も手足も、いたるところを眩しい光が侵《おか》してゆく。

もう目もあけていられない。白い輝きが目を刺し貫《つらぬ》く。綾芽はそれでも手を伸ばした。二藍を引き留めようとした。

だが、できなかった。

指先は突如《とつじょ》として空《くう》を切り、綾芽は支えを失い倒れこんだ。

両手を地につきはっと目をあげれば、あれほど眩しかった光はまったく失せている。

そして目の前には、誰もいなかった。

二藍の姿はどこにもなかった。

「……二藍？」

綾芽は何度も瞬《まばた》き、あたりを見回した。濃紫《こきむらさき》の色は見あたらない。冬の朝日にさらされた、白砂の庭が広がるばかりだ。

「佐智、二藍は……」

二藍のそばに控えていたはずの佐智に、ぽつりと問いかける。佐智は返事をしなかった。ただ沈痛な面持《おもも》ちで唇を噛みしめている。

綾芽は背後を見やった。やはり二藍はいない。有常を押さえつけている千古は、綾芽の視線に気がつき顔をあげたものの、すぐに眉を寄せてうつむいた。

綾芽はただ立ちつくした。

誰もなにも言わない。音もない。

静まりかえっている。

ふいに視界の端に、さきほどまで二藍がいた場所に人が立っているのが見えた。

二藍――と頬をほころばせて振り向いて、綾芽は身を固くした。

そこに微動だにせずあるのは、二藍ではない。

古《いにしえ》の玉盤大島の官服《かんぷく》をまとった男。

人と同じ姿でありながら、まったく人ではないもの。

玉盤神の一柱――記神《きしん》だった。

それがいっさいの感情を表さず、綾芽を睥睨《へいげい》している。

「兜坂国に告ぐ」

茫然《ぼうぜん》としている綾芽に向かって、虚《うつ》ろな有常の口を借りた記神の言葉が発せられる。

「『的《まと》』のうちではじめに神と化したのは、この兜坂国の『的』である。ゆえに――」

記神は、信じがたい言葉を放った。

「――ゆえに理《ことわり》により、『的』であった兜坂の春宮《はるのみや》有朋《ありとも》、字《あざな》にして二藍《ふたあい》が、次の号令神として、祖国に滅国の神命を下すと定まった」

綾芽は顔を強《こわ》ばらせた。

唖然として、それから耳を疑った。

二藍が、次の号令神？

「なにを言ってる……」

戸惑《とまど》いが口の端《は》から滑り落ちてゆく。

嘘だ。綾芽の知る理は、『的』が神と化したとき、号令神がやってくるというものだった。二藍が神と化して去ったのちに号令神が訪れて、滅国を言い渡す。羅覇《らは》はそう言っていたではないか。

なのに記神は、二藍自身が号令神そのものになるという。

二藍自身が、己の国を滅ぼすという。

（そんなわけが、あるか）

記神は眉ひとつ動かさない。宣告は無情に続いてゆく。

「理により、新しき号令神たる二藍は、刻が来るまで玉盤大島の神泉《しんせん》の底に沈む。そして刻来《きた》ればこの場に降り、祖国に滅国を言い渡す」

淡々と抑揚のない声が流れる。

「滅国を言い渡したのち、号令神は新たな理と新たな名を得て、玉盤神の一柱となる。以上である。兜坂国は、すみやかに号令神を迎える準備を調《ととの》えよ。いつ調うか」

記神は硬玉《こうぎょく》のごとき瞳をぐるりと回し、綾芽を見やる。答えを待っている。

綾芽は答えられない。

二藍が号令神になり、号令神は滅国を言い渡す。そののち号令神は新たな名を得て、玉盤神の一員として迎えられる。それがまことの理なのか。

信じられない。信じたくない。

だが心のどこかでは、納得してしまってもいる。そうだ、これはそういう理だったのだ。号令神と化してしまった神ゆらぎこそが、自分の国を滅ぼす。人としての神ゆらぎが失われ、理を体現するものとして抜け殻《がら》だけが遺される。

最初から、そんなふうに理は成り立っていた。

玉盤神はみな、どこかの神ゆらぎのなれの果てなのだ。どこかの国の『的』が号令神と化し、祖国を滅ぼすごとに増えてゆくものだったのだ。

有常はそれを知っていた。知っていて、国が滅びようとも揺らがぬ理《ことわり》に、実の兄を変えようとしていた。

だからもう、二藍は――

「兜坂国は号令神を迎える準備を調えよ。いつ調うか」

記神は繰りかえす。綾芽はうわごとのようにつぶやいた。

「……返してくれ」

「いつ調うか」

「二藍を返してくれ！」

「いつ調うかと問うている」

作り物のようだった記神の顔色が、まるで仮面を一瞬でつけかえたように突如赤く変じた。眉がつりあがり、唇が歪《ゆが》む。

「もし答えぬならば、この場で即刻――」

鮎名が階《きざはし》を走りおりてきて、綾芽の隣で息を切らせてかしこまる。

「通例どおり、半年後にはお迎えの用意は調います」

そのあいだに、わめく綾芽の腕を常子《つねこ》と佐智が抱《かか》えて、記神から遠ざける。

「半年後でよいのだな」

「はい。我らが王の血族を玉盤の神へ加えていただけますその日を、切にお待ち申しあげております」

瞬《また》く間《ま》に、憤怒《ふんぬ》に覆われた記神の顔から表情は失せて、なんの意思も窺《うかが》えない目鼻だけが残った。

「それでは半年後、この地に号令神は降りる。準備にいそしめ」

言うや記神は消え去った。

冷たい風が、拝殿の前庭を渡ってゆく。

あとには人だけが残される。

誰もが動かず、黙りこくっている。地に額《ぬか》ずいたままの鮎名。玉盤神の憑坐《よりまし》にされて心身が耐えられず、前後不覚となった有常を押さえこんでいる千古や舎人。

拝殿の蔀戸《しとみど》の前で佇んでいる高子《たかこ》や妃、高官たち。綾芽を両脇から支える常子と佐智。

そして綾芽。

綾芽はしばらく、ただただ目の前の景色を眺めていた。なにも考えられなかった。なにひとつ理解できなかった。

やがて鮎名が顔をあげ、立ちあがった。衣《ころも》についた砂を払い、やおら綾芽に目を向け静かに口をひらいた。

「二藍は、次の号令神に選ばれた。それゆえ我らのもとを去った。戻ってくるのは半年後、この国に滅国の神命を下すそのときだ」

綾芽は声もなく、幾度も首を横に振った。

「そんなわけがありません」

「綾芽」

「だって……おかしいではありませんか！　号令神が人のなれのはてだなんて、そんなこと羅覇は言っていなかった！」

「二藍のために、十櫛《とくし》が羅覇に偽《いつわ》りを植えつけていたんだ。実際は記神が告げたとおりだ。祖国に滅国を告げるのは、神と化した『的』自身。国を滅ぼしたそのときをもって、『的』は完全に神と成り、玉盤神としての名を与えられる」

「二藍さまが、ご自分で国を滅ぼされると仰《おつしや》るのですか！」

「このままではそうなる」

その一言は、記神の口から聞くよりもはるかにこたえた。

鮎名は二藍を神祇官として誰より信頼し、義理の弟としても心から愛していたはずだ。

その鮎名が、二藍が国を滅ぼすという。神と化したという。

信じられない。信じたくない。信じてなるものか！

二藍はきっとどこかにいるはずだ。この斎庭《ゆにわ》のどこかに今もいる。馬鹿げた話なんて無視して探しにいこう、そうすれば二藍は、いつものとおりに綾芽を笑顔で迎えてくれる。

そのはずだ。

思うのに、思いこもうとするのに、それでも綾芽の足は動かなかった。

「綾芽」

鮎名が膝《ひざ》をつき、なにごとかをしきりに語りかけている。綾芽はうつむいて、白砂に埋まった笄子《かんざし》に目を落とした。

なにも耳に入らない。涙で歪む視界のさきで、銀の笄子だけが光っている。

朝焼けの陽《ひ》を受けきらめいている。

かつて二藍は、夢現神の作りあげた『夢のうち』で、眩しそうな顔をして教えてくれた。この笄子を飾る銀の鶏《にわとり》と菖蒲《あやめ》の花は、ふたりの絆《きずな》の証《あかし》。綾芽が二藍のもので、二藍が綾芽のものである証だと。

（そんな二藍に、わたしはなにができた）

綾芽は結局、なにをしてあげられた。

人としての道を望ませ、果てには諦《あきら》めさせて、死に等しい苦しみを背負わせ傷つけた。なにがあろうと添い遂《と》げるという約束すら守れなかった。

それどころか二藍は、綾芽の神毒を引き受け一線を越えた。必死に守ろうとしていた祖国を、自ら滅ぼさなくてはならなくなった。なにより厭《いと》うていた玉盤神として、永遠にこの世に留《とど》まることになってしまった。人としての二藍を知るすべての者が死んだあと、ただただ冷たい理の神として恐れられ続ける道しか残らなかった。

――わたしは、今度こそ二藍を殺してしまった。

その身も心も、粉々に壊してしまったのだ。

もうすべてがどうでもいい。号令神が訪れるのは半年後。それほど待ってなんになる。綾芽は待つつもりはない、二藍の形をしたものが、国を滅ぼす神命を下す姿など見たくもない。

視線のさきに笄子《かんざし》がある。これで喉を突いてしまおうか。有常がさせようとしたように。

「……いや」

綾芽はふらりと立ちあがった。

「どこへゆく」

と鮎名が伸ばした腕を振りはらう。おぼつかない足どりで、しかし視線だけは、連れていかれる有常の背にぴたりと合わせる。

有常を殺さなければ。せめてあの男をめった刺しにして、二藍の仇《かたき》をとらねば。真白の、利用された娘たちの無念を晴らさねば。

舎人の太刀《たち》を奪いとって走りだす。なにも成せなかったのだ。これだけはやり遂げる。そうでなければ許してもらえない。綾芽は自分を許せない。

「やめなさい！」

と常子がとっさに綾芽の袖を摑んだ。振りきろうとしたその腕を、今度は佐智が押さえにかかる。有常の前に千古が立ちはだかる。

みな、綾芽をとめようとする。

綾芽はわめき散らして身をよじった。

「放してください！　せめて殺さなければ」

二藍に顔向けができない。ずっとそばにいてほしいと願ってくれたあのひとに、なんて謝ればよいのだろう。

しかし誰も放してくれない。綾芽に最後に残った、わずかばかりの願いすら叶えさせてはくれない。

「やけを起こすな。そんなつまらぬ願いにお前の身を捧《ささ》げる気か」

鮎名が綾芽の両肩を押さえて言い聞かせる。綾芽は必死にもがいた。

「他の使い道などございません！　もうどうにもならない、二藍は戻ってこない！」

すべては終わってしまったのだ。

二藍は去り、国は滅びる。夢は消えはてた。

「なに言ってるんだよ」と佐智が綾芽を叱咤《しった》する。「あいつはそう簡単にくたばる男じゃない」

「そうだよ綾芽」と千古も続く。「あの御方は賢く強い御方だ。必ずお戻りになる」

だがそんな言葉は、すこしも綾芽の慰めにはならなかった。

「戻るって、滅国を言い渡しに来るだけでしょう！　誰もとめられない。二藍が帰ってくるわけじゃない。二藍は死んでしまった、わたしが役立たずだったから！」

みながなんと言おうと、綾芽がなにもできなかったのは変わりない。二藍がいなくなってしまったのも事実。道はない。道はどこにも続いていない。橋は濁流に呑まれ、向こう岸に渡る術《すべ》は永遠に失われた。

「……あの男を殺したら、わたしも死にます」

「綾芽！」

「もう生きていたって――」

「言うな」

眦《まなじり》を決した鮎名が、強く綾芽の口を押さえこむ。

「嘆《なげ》くのは構わない。だが二藍の信頼を無にする戯《ざ》れ言《ごと》は、けっして口にするな」

その瞳の強さに思わず目をみはった綾芽に、階をおりてきた高子も粛々《しゅくしゅく》と告げる。

「神祇官《じんぎかん》たるもの激情に流されてはならぬと、春宮は教えてくださいませんでしたか。すくなくともあの御方は、最後まで冷静に、為すべきことを為してゆかれましたよ。後事を託されたあなたがそのようでは、今ごろ落胆されていらっしゃるでしょうね」

綾芽は言いかえそうとした言葉を呑んだ。

二藍は為すべきことを為した。

綾芽に託していった。

「高花のおん方の仰《おっしゃ》るとおりだよ、綾芽。あいつが諦めずにいるのに、あんたがさきに投げだしちゃだめだ」

佐智が諭《さと》せば、そのとおりと常子も口添えをする。

「道はいまだ続いておりますよ。あなたと二藍さまを隔《へだ》てる岸と岸とを繋ぐ手だては失われてはおりません。わたくしどもはすべてを守り、取り返せるかもしれません。そのような橋を、二藍さまは遺してゆかれたのですよ」

「……二藍が」

「そうだ」と鮎名は再び綾芽の肩に手を置いた。泣き疲れた顔を覗《のぞ》きこみ、ささやくように言い聞かせた。

「二藍は夢を遺していった。みなを救う術《すべ》を見いだして、お前に託していったんだ」

※この作品はフィクションです。実在の人物・団体・事件などにはいっさい関係ありません。

集英社オレンジ文庫をお買い上げいただき、ありがとうございます。
ご意見・ご感想をお待ちしております。

● あて先
〒101-8050　東京都千代田区一ツ橋2-5-10
集英社オレンジ文庫編集部 気付
奥乃桜子先生

神招きの庭 8

雨断つ岸をつなぐ夢

集英社
オレンジ文庫

2023年4月24日　第1刷発行

著　者　奥乃桜子
発行者　今井孝昭
発行所　株式会社集英社
〒101-8050東京都千代田区一ツ橋2-5-10
電話【編集部】03-3230-6352
【読者係】03-3230-6080
【販売部】03-3230-6393（書店専用）
印刷所　大日本印刷株式会社

ISBN 978-4-08-680497-4 C0193

集英社オレンジ文庫

奥乃桜子

それってパクリじゃないですか？
～新米知的財産部員のお仕事～

中堅飲料メーカーの開発部から知的財産部に異動した亜季。
弁理士で有能な上司・北脇とともに、知財トラブルに挑む！

それってパクリじゃないですか？ 2
～新米知的財産部員のお仕事～

一人前になるべく奮闘する亜季に、人気商品の立体商標や
知財に絡む複雑な社内政治の行方と…さらなる難題が!?

好評発売中

【電子書籍版も配信中　詳しくはこちら→http://ebooks.shueisha.co.jp/orange/】